EIRUN LAST CODE
~自架空世界至戰場~

「為什麼大家都……消失了呢？」
失去一切後，
留給賽蓮的是過分巨大的「空虛感」。

一之瀨葵
Aoi Ichinose
陽葉茜
Akane Hiyou

伍橋月下
Gekka Itsuhashi
八雲日向
Hinata Yakumo
七扇大和
Yamato Nanaougi
雙條水久那
Sukuna Sozyo

『歸於塵土吧！』
鬥氣混雜著紫電，處女座之淚全身發亮。
光芒爆炸性地增加光輝強度，形成足以掩去周遭事物的光暈。

『聖心之悲罰！』
光芒以處女座之淚為起點產生爆炸。

Eirun last code

Christian era 2063.
The human receives a surprise attack from a mystery living entity called [Mariss] and is more than half a century.

CONTENTS

序章
004

Ⅰ—極限突破計畫
007

Ⅱ—翻桌
032

Ⅲ—悲嘆的魔女
085

Ⅳ—EIRUN CODE
116

Ⅴ—規格外十號數字集結
137

Ⅵ—鄰人（neighbor）與鄰人愛（neighborhood）
183

Ⅶ—自架空世界至戰場
253

終章
307

→Mechanic Elfina

→Mechanic Elfina

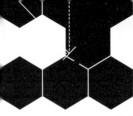

From the fictional world to the battlefield
Christian era 2063.
The human receives a surprise attack from a mystery living entity called [Mariss] and is more than half a century.
7
→Mechan
Elfina
龍乃助
Illustration
Mikoto Akemi 汐山古埜
貞松龍壹
EIRUN
LAST CODE
～自架空世界至戰場～

艾倫・巴札特
從高人氣動畫世界召喚過來的角色。被仁偷襲而喪命。

一之瀨葵
機兵部第二代部長，同時為冰室義塾最強戰騎裝駕駛員。『炎之一』。

陽葉茜
學生會幹部，同時為戰術指揮的樞紐。『妖精之三』。

八雲日向
長距離射擊專家。『閃光之八』。

七扇大和
冰室義塾首屈一指的便利屋，戰騎裝操作也相當熟稔。

雙條水久那
已被判定身亡的前神無木大隊・第二中隊隊長。『波之二』。

冰室雷鳥
冰室義塾塾長，一代即打造出義塾的女中豪傑。

橘柔吳
整備部部長。深受部下們信賴，在部門中擔任大哥角色。

賽蓮汀娜・安格畢司
「狄絲特布倫」的鄰近者，小名為賽蓮。

九重紫貴
冰室義塾學生會會長，興趣是角色扮演。『冰之九』。

伏見飛鳥
冰室義塾的瘋狂科學家。『兵器之四』。

伍橋月下
機兵部速度最快的駕駛員。『神馬之五』。

睦見顎
擅長白刃戰的戰騎裝駕駛員。『惡魔之六』。

神無木緣
構築出冰室義塾黃金時代的核心人物。在狄絲特布倫的失控意外中，為保護部員們而自願擔任誘餌後死亡。

亞賀沼大地、前田奧爾森、江藤山武
星辰小隊三人組，縱然行動面令人稍嫌不安，駕駛技術卻很牢靠。

仁・長門
人氣動畫《玩偶・華爾茲・鎮魂曲》的主角。愛機是鄰人零號機【亞門特】。

CHARACTER

Eirun last code

From the fictional world to the battlefield

序章

世界的構成是殘酷的，少女透過自己的人生領悟到這件事。

一旦抱有期待就會被背叛，覺得到手了就會被剝奪。

在痛苦的盡頭處等待著的果然還是痛苦。

明白後的喜悅滋味只是在傷口上抹鹽。

她夢想幸福的明天被心愛的友人包圍，大家都笑著，其中有自己最喜歡的人，而自己則在他身邊。她相信這種溫柔的世界會到來。

（為，什麼？）

這個世界就是如此，愈想要得到……就愈會得不到。

（明明覺得已經要結束的說。）

被難受的現實擺布，她已經對這種事感到厭惡了。

所以她想變成人偶，想把心這種玩意兒丟到其他地方，然而——

在最討厭的世界裡……她卻有了想要守護的事物。

戰士們紛紛現身，拯救心如死灰的少女。他們撲向絕境，為了幫助少女而奮鬥，其身影溶化了少女的心。

少女再度站起，為了回報豁盡全力的他們。

少女戰鬥了。

她討厭別離，討厭失去，戰鬥，戰鬥，戰鬥，戰至最後一刻……然而少女仍是力有未逮。即使如此……少女仍是無法徹底死心。

心靈發出吼叫，就這樣將心願託付給他。

然後──「希望」降臨至少女面前。

「是夢……？」

少女伸出手。

還好是夢，還好是幻影。因為她想看那副身影，就算多一秒也好。然而，少女的世界卻漸漸染黑。

在如夢似幻的世界中，少女在最後聽到聲音。

『用我的一切……這次一定要拯救世界。』

是相當懷念的人的聲音，聽起來也像是摯愛的他在發怒的聲音。

『怪物……我現在真的生氣囉。』

最後一次聽到少年的聲音後，少女墜入睡眠的世界。

少女討厭的世界喜怒無常又陰晴不定到極點。因為在眾人對滅亡做出覺悟時……它卻又派來耀眼的希望。

擊滅惡魔的存在——人們將其稱之為「勇者」。

I 極限突破計畫

塵沙飛舞，像是猛獸群衝刺時所揚起的那種東西。然而在奔馳的卻是比猛獸更加醜惡又危險的怪物們。

馬里斯——將人類從食物鏈頂點拉下來的敵性生物。

一旦被啃咬骨頭會碎裂，肌肉也會被扯斷。這種怪物沒有理性，只存在著食欲。為了滿足不會衰減的飢餓感而渴求人類、襲擊人類。

就算受傷也不會膽怯，即使同伴死去也不會停止奔馳。是人類聚集在一起絞盡腦汁、依靠戰術與兵器才能與其對峙的那種怪物。

眾馬里斯的目標是鋼鐵製的彈射器，它是與久遠昔日攻城時所使用的投石機一模一樣的物品，裝在前端的是發出鈍重銀色光輝的膠囊容器。

膠囊容器內側響著聲音。

「‧！‧‧！‧‧！」

是敲擊金屬板的聲音，而且……人的叫聲也摻雜在其中。

彈射器四周有著鋼鐵巨人兵，全部一共六架。是隸屬美國空軍的戰騎裝部隊。它們各自的裝甲上都滿滿地染著黑血。

『P－SB01至24升空確認，吾等也要一起撤離。嗯嗯，我們是最後一批。藍袋子會在開始移動的十二分鐘後射出，要等到最後一刻喔。』

隊長機傳出聲音，六架戰騎裝以低空飛行開始撤離。

只有一架彈射器被遺留在原地。

戰騎裝升空後過了十二分鐘……被稱為藍袋子的膠囊容器有如棒球般被拋出。以彈射器為目標前進的近一千隻怪物們，無一例外地開始朝反方向奔馳。

作戰司令部設置在潛艦裡。

七名將校屏氣凝神地圍在戰略桌——映照著光學地圖的桌子——旁邊。

艦內很昏暗，戰略桌的背光燈由下而上地照亮男人們的臉龐。

他們凝視著光學地圖上的二十四顆藍色光點（marker），以及無數無盡存在著的紅色光點（marker）。

「距離P－SB點火還剩十・九・八・七——」

一人在倒數，另一人有如祈禱般雙手互握。藍色記號各自接近島嶼中央，「二・一・〇！」倒數一直報到最後一刻。

燈號同時消失——二十四個藍色記號從戰略地圖上消失。

嗶——四周只回響著空虛的電子音。一人在戰略桌上用力一搥，身旁的男人無力地仰望天花板。

不久後，此地的負責人默默無語地拿起艦內電話。

「Bravo 致電 Charlie，作戰失敗了。走陸運的Ｐ－ＳＢ在倒數至零秒的同時全部消失。沒錯，二十四個都……。消失的原因據推測是皇后種的無差別物質消去攻擊（MIE）。」

這份報告將是一切悲劇的起源。

「【ＭＩ02目標】依舊存在，隨著極限突破6的失敗，從現在算起十五小時後將會發布極限突破7……也要將此要旨提報給安全保障理事會。」

人類就這樣……向馬里斯挑起一場背水之戰。

戰艦在灰色大海上前進，而且還不是一艘兩艘，而是合計共四十八艘的大型聯合艦隊。

大艦隊的目的地是一座島嶼。

接著，數不清的白線從島嶼飛向海中。那全部都是海洋型的馬里斯，其總數破萬，上空也同時出現馬里斯的群影。

艦隊主砲噴火，團團包圍島嶼四周的水雷群也同時爆炸。海水受到爆風推擠，朝正上方竄升。

然後，在掃蕩海上敵人之際……獨立行動的登陸部隊開始朝島嶼進軍。

◆距離投入鄰人還剩十九小時◆

二〇七一年十二月四日——舊冰島。

顯示器三百六十度無死角地展開著，正中央有一張機械製座椅。座椅前方擺放著水晶組件，螢幕正面映照著一名少女。

『做簡報前有話想先跟妳說。』

那個女孩身穿白色罩衫搭配褲裝西服，年紀大約是中學生。她留著一頭長髮，並且將頭髮紮在兩側，圓滾滾的大眼睛裡有著陰鬱光芒——那是絕對不讓大人欺瞞、自始至終都抱持猜疑心的孩童目光。

第二任學生會長·陽葉茜開始說明。

『特務跟狄絲特布倫負責西邊。』

螢幕右側投影出另一個視窗顯示戰略地圖。

地圖上有大量紅色記號蠢動著，表示友軍的藍色記號則密集於一處，並且描繪出一條線。它代表的是由友軍建構的防衛線。

『德．美．俄的共同陣線如今正準備撬開西邊的預定路線。然而就戰力差距判斷，直到突擊前這個膠著狀況都會持續下去吧。請做好一旦登陸、戰鬥就會立刻開始的心理準備。』

茜繼續說明。

『作戰計畫很單純。3號機大太龍從南方，15號機伊莉莎白女王從北方，17號機處女座之淚從東方，然後1號機狄絲特布倫則是西方，由四方投入合計共四架鄰人……各機各自驅逐遇上的馬里斯，一邊朝中央處進軍。然後，擊滅絕對種【國王種】。』

有沒有在聽呢？坐在座椅上的少女露出空洞眼神。

『另外，不管半路上少了哪架鄰人，作戰計畫就要繼續進行。意思就是「直到殺死國王種前都不准回來」。』

少女身穿黑白色駕駛員裝，手腳修長纖細，蜂腰清楚地呈現出身體曲線，胸部的布料被撐得死緊。

那是既煽情又充滿蠱惑意味、濃縮著女性魅力的身材。

白皙肌膚配上淡藍色眼眸，面貌已沒有昔日的稚氣。

少女——賽蓮汀娜・安格畢司在這一年中有了讓人刮目相看的成長。茜語帶暗示地對這樣的賽蓮說道：

『聽好了，特務。如果讓我來評論這次的作戰計畫，那就像是渾身破綻的神風自殺式攻擊。生還機率不到百分之一，不確定的因素太多了……請將自身生命置於第一位。特務跟狄絲特布倫有什麼差池的話，冰室義塾就會失去存在的意義。』

另一方面，賽蓮什麼也沒說，表情像個人偶似地毫無反應。

『一旦明白沒有勝算，就請特務脫離戰線。理由要多少有多少，就像狄絲特布倫擅自行動那樣。國王的戰鬥力是未知數……如果其他鄰人看起來會輸的話，到那個時候妳就立刻撤退。絕對……沒必要陪大家一起自殺。』

最後一句話投注了強烈的情感，茜懊悔地垂落視線。

『作戰一旦開始，我就會受到防衛省管理。如此一來，我就會變得只能發布那些傢伙鬼扯出來的命令。』

賽蓮微微點頭後，茜浮現空有外形的笑容。

『……回來後請個假去玩吧。就算只有兩個人，一定也會很開心的。』

過了半晌賽蓮再次輕輕點頭，茜加深笑意。

『約好了唷。』

如此說道後，影像通訊中斷。在那之後，賽蓮將想法傳送給狄絲特布倫。

接著，正面陳列現存的「國王種相關資料」。

賽蓮眼睛也不眨一下地閱讀資料，開始對尚未見到的敵人抱持某種「期待」。

「如果是這傢伙的話，說不定……」

閱讀完資料後，賽蓮有氣無力地躺在座位上。

「想快點見到夏樹。」

在船內格納庫沉眠的黑色破壞要塞……其眼睛開始發出赤紅光輝。

◆距離投入鄰人還剩八小時◆

茜的身影在船內倉庫內的一個房間裡。裝配給品的瓦楞紙箱在四周堆積如山，茜躲在紙箱背後與賽蓮通訊。

這艘船是海上自衛隊的護衛艦。關掉終端機畫面後，茜將背部靠上牆壁，有如感到頭痛似地用手扶額。

「事情為何會變成這樣？」

胸口瀰漫著不安雲朵，冰室義塾的成員們在數天前就被派去進行某個大作戰，那正是能左右人類命運的作戰計畫。

（究竟有幾人能生還呢？）

來到這裡之前，茜曾針對這次的作戰計畫精算過無數次。

會出現死人，而且還是多到數不清的死人，其中肯定也會有自己這些冰室義塾的學生。既然身為赫奇薩，就極有可能會如此。

（明明連亞賀沼學長他們都死掉了……這樣根本沒臉見紫貴同學嘛。）

茜用力拭去浮現的淚水。自從雷鳥失勢後，茜就代替紫貴繼任會長一職。在那之後，冰室義塾以大地他們為首、陸續出現數名死者與傷患。

就算原因出在政府強人所難的要求上……茜還是看不開這件事。

「痛！」

肚子感到悶痛，茜再次為了上廁所而打算走出倉庫。

打開門扉後，茜吃了一驚倒退數步。

金髮碧眼的貌美青年站在門口，茜認得這張臉。

（為何此人會？）

那個人用白色駕駛員裝裹住修長身軀，還有一身外國人特有的勻稱肌肉，過於端正的臉龐上伴隨著沉穩微笑。茜難掩訝異地呼喚那個名字。

「克里斯托法……**皇太子殿下**。」

青年克里斯托法加深笑意，半蹲下來跟茜四目相交。

「余是前來面會支配冰室學校的作戰參謀、妖精之三（fairy·three）的，閣下便是茜・陽葉沒錯吧？」

被叫到名字令茜全身一僵。隔了一拍後，她慎重地點點頭。

克里斯托法·H亨利·威爾是當今英女王陛下的嫡長子，也是英國持有的鄰人【處女座之淚】的鄰近者。

「余想在開始作戰前聽聽閣下毫無保留的意見，所以才過來這裡的。」

這名碧眼的高雅男子正是傳說中大西洋最強的豪傑。

◆距離投入鄰人還剩七小時◆

綠色陽光灑落，放眼盡是紫色大地。砲聲的嘶吼大大小小地互相交織、迴響在四周。然後是埋盡地平線的怪物，怪物，怪物。

『雄鷹1號傳令雄鷹各機，我們要負責在右翼展開的那群幼仔，目標是在後方製造小鬼的雌騎士。把六〇釐米的粗大傢伙塞進那個肥肚子吧。』

隊長機舉起突擊步槍的槍口，所謂的那群幼仔指的就是幼體形態的馬里斯群。

十二架鐵巨人以箭尾隊型低空飛行，這是一個中隊規模的戰騎裝部隊。

『我們就盡可能地鋪好紅地毯，讓**小老虎們**可以優雅地散步吧。』

他們是從先前的大型部隊出擊的其中一支登陸部隊。

十二機背後發出支援火砲，在地平線前方著彈後擴散出蕈狀爆炎。大群敵人漸漸被火焰吞噬。

十二架戰騎裝各自舉起武器飛翔。

『各位紳士淑女！快快收拾敵人然後退向後方吧！』

在那之後過了大約四小時，這支小隊徒勞無功地全滅了……

◆距離投入鄰人還剩六小時◆

兩張沙發面對面地擺放著，中間放著一張以合成樹脂做成的小桌子。

移動至客室後，茜變得有如借來的貓兒般溫順。

「是軟管包裝的綠茶嗎？也罷。」

克里斯托法喝下配給的茶水，那是拋棄式的軟管包。

茜縮成一團坐在對面。

（饒了我吧……在作戰前就已經胃痛的說。）

在歐洲大陸上，處女座之淚可是大名鼎鼎無人不知無人不曉。而且最近才剛發表它的鄰近者就是英國的皇太子殿下。

茜的一句發言就有可能會發展成日英之間的外交問題。坐在茜對面的青年就是擁有這種程度的權力。

「那麼，茜。這個作戰計畫妳怎麼看？」

克里斯托法的提問讓茜冷汗直流。放下喝光的綠茶軟管包後，克里斯托法彎腰將臉龐湊向這邊。

「在極限突破計畫中，人類有勝算嗎？」

【極限突破計畫】——將會是史上第二次的馬里斯反攻作戰。

同時投入四架鄰人，從四方對馬里斯群生地發動總攻擊。

這是擊滅絕對種【國王種】，壓制同一個群生地的大規模作戰行動。

沒錯……其內容與人類曾經吃上大敗仗的「海格力斯計畫」如出一轍。面對克里斯托法的提問，茜給出的答案是NO。

然而「贏不了的，會輸」的這種話，就算撕裂嘴巴她也說不出口。至於這是為何，因為這項大型作戰計畫的發起人就是擁立威爾王家的英國。茜雖然窮於回應……卻在克里斯托法的笑容推波助瀾下，心意一決吐出話語。

「我認為勝算……極小。」

克里斯托法的愁眉微微一動。

「各國戰略家紛紛開口提出警示的這個作戰計畫……只能稱之為海格力斯計畫的劣化版。」

在極限突破計畫中投注的兵員超過三十萬，其數字將近是海格力斯計畫投注兵員數量的兩倍。然而做為作戰核心的鄰人卻只湊到四架而已。

「海格力斯計畫那時投入了七架鄰人，卻也僅僅撐了三小時左右，而且幾乎都被逼到無法行動的絕境……讓ＭＩ目標難以攻略的理由，就在於皇后種與國王的高度戰鬥力。」

眾多專家表示海格力斯計畫作戰的內容本身並無大錯，其最大的敗因就在於投入的鄰人在力量的勝負中無法贏過皇后種與國王種。

犧牲者有上億人規模的大敗，其原因就是——敵人強到鬼扯。

「身為攻略目標的ＭＩ02……念起來很拗口就稱之為冰島吧。的確，與海格力斯計畫那時的夏威夷強襲戰相比，觀測到的皇后種數量是不多。我也明白這次投入的鄰人是重質不重量……可是——」

茜支吾其辭，克里斯托法聳了聳肩。

「沒辦法……聽聞有許多國家害怕重蹈海格力斯計畫的覆轍，因此不參加這次的作戰行動。沒有內部問題的話，吾等歐洲聯合也會對派兵感到猶豫。在租借給皇家護衛的兩架鄰人遭到搶奪的現況下，也有機體在戰略上無論如何都無法加以運用。能湊到四架就已經是僥倖了。」

聽聞此言後茜恍然大悟，然而她隨即感到一陣煩悶。

（歐洲各國的物資問題，果然就是這個作戰計畫的原因……）

在末期者——變成馬里斯的人類——出現後，僅僅過了一年人類就失去了四千萬人，其中又以歐洲狀況特別窘迫。

歐洲之所以變成激戰區，就是因為ＭＩ02目標（冰島）就在附近的關係。在那邊誕生的皇后種幾乎都會朝歐洲侵略，因此歐洲諸國才會行使瓦萊塔條約的特權，從其他國家那邊調用物資，然而——

「瓦萊塔條約變得無法發揮機能了。在接二連三的襲擊下，沒有餘裕進行生產配給的國家不只是我國。如果不攻下ＭＩ02目標，人類就會因為食物短缺而開始互鬥。不是做不做得到的問題，而是歐洲被逼到非做不可的困境吶。」

克里斯托法無奈地笑道。他帶有哀愁的表情令茜感到胸中一陣不安。自從末期者現世後，許多歐洲國家的物資輸入都出現停滯。

如今不管是哪個國家都拚了命地確保物質，而且有過半數加盟國對違反條約——不肯保護本國不受馬里斯侵害——的聯合國感到怒火中燒。

世界的秩序，如今可說是建立在一片薄冰上。

「在輸入停滯的情況下繼續跟馬里斯作戰的話，我國的儲備量撐不到兩年就會空空如也，如此一來就不得不派兵去鄰國尋求物資吶。一旦可以光明正大地進行像是土匪的搶奪行徑，各國就會爭先恐後的去做，整個歐洲就會瞬間被戰火包圍吧。」

因此歐洲唯有徹底解決馬里斯的問題——也就是採取根絕馬里斯種的手段，除此之外別無他法。

（這個我明白，可是……）

茜她們的情況也是如此，日本也處於太平洋方面的激戰區，沒有餘力插手去管其他國家的戰爭。

直白的說，就是「別把我們拖下水」……從茜的角度來看，用這句話就能表示一切。

在那個場所上，戰鬥自始已經過了一天。

三公尺以上的人型頹倒在地，雙腿齊膝而斷，右臂從手肘處那邊消失。壓扁的傷口流出黑血，有如大蛇般的粗大長舌從中段到前端處都被切得破破爛爛的。

這是踩到地雷的士兵種。即使在這種情況下，士兵種仍然前進著。

沒有理性的怪物不害怕死亡，就只是為了滿足食欲而消費生命。這樣的士兵種朝兩名兵士前進。

「嗚啊啊啊啊啊！」

兩人的部隊服都破損髒汙，他們眼角含淚，臉頰漲得通紅。兵士們無視泥巴與汗水還有疲憊感展開突擊，在兩人手中的是直徑三十公分的石頭。兩人高高揮起石頭，帶上體重將它揮落。

「去死啊啊啊！」

兵士們蓋住士兵種，不停揮落石頭。

士兵種的頭部漸漸變形，每次受到衝擊，露出的舌頭就會抖動彈跳。不久後士兵種變得不會動了，接著兵士們有如動物般咆哮。然而……殺戮的熱氣立刻被吹散。在兩人的頭頂上，有如小山般的獸人正流著口水。

十九公尺的城堡種，有如犬隻進食般咬碎那兩人。

◆距離投入鄰人還剩四小時◆

「對了，茜。妳剛才是在跟1號機的駕駛員通訊嗎？」

克里斯托法的問題讓茜臉色發白。

（對話該不會是被聽見了吧？）

冷汗順著茜的輪廓滑落。茜跟賽蓮說的是唆使她違反命令，這可是足以處死刑槍斃的重大問題發言。是察覺到茜心中所想嗎？克里斯托法揮了揮手。

「啊啊，不是的。余沒打算對任何人說，放心吧……還有妳不喝的話可以給余嗎？」

茜用零點五秒的速度遞出軟管茶，克里斯托法發出輕笑。

「1號機的駕駛員也是冰室學校的學生吧，是朋友嗎？」

茜將視線落至膝蓋，然後緩緩點了頭。

「……我身邊已經只剩下特務了。」

茜回想起來的是被賣掉的規格外十名數字，死去的大地他們，還有被送去本土的學生會成員。

然後是為了守護學園而背負汙名……慘遭殺害的艾倫（夏樹）。

「大家都不在了。」

化為言語說出口後，難以壓抑的傷悲失控了。淚水湧上茜的眼睛，克里斯托法遞出手帕。

「不介意的話，可以把茜的朋友的事情講給余聽嗎？」

茜接下手帕……喃喃開始說起一年前的事情。

對赫奇薩們來說冰室義塾曾是樂園的事，自己曾經有一群重要夥伴一同併肩作戰的事，還有這一切都被惡意破壞的事——

茜不停說著至今為止的事情，連她自己也感到不可思議，就像把沉澱在內心深處的泥巴吐出來似地……克里斯托法只是默默傾聽茜的話語。

茜說完後，克里斯托法有如要讓她安心似地搭話。

「這也真是一場緣分，已經無須擔憂了。茜的友人由余守護……由余跟——」

克里斯托法拿下手套展示給茜觀示。手背上的是六角形刻印與羅馬字【XVII】。

「吾國至寶——處女座之淚來守護吶。」

茜瞪圓雙眼，克里斯托法的刻印從黑色變成了白色。

「顏色……改變了？那麼處女座之淚——」

「嗯嗯，是對駕駛員有特殊要求的鄰人，持有白色刻印的人才能開得動。」

克里斯托法重新戴上手套，促狹地提出問題。

「閣下對鄰人也很熟悉吧，就像鄰人是運用效率低下的機體這樣？」

「……單一戰鬥力超群。像是頭腦簡單四肢發達的明星，還有我們家的狄絲特布倫。」

茜不由得皺眉。

（意思是17號機擁有足以將聯合國拖進這種賭局的說服力嗎……？）

海格力斯計畫的敗因並非是鄰人數量不足。

而是鄰人素質差所以才會輸給馬里斯。茜浮現苦笑。

「用硬碰的方式決定人類的命運，人類也真是走下坡了呢。」

就算開玩笑也無法抹去不安。另一方面，克里斯托法則是加重語調。

「不，簡單不是很好嗎？只要砍下大將的腦袋一切就結束了。」

茜感到毛骨悚然，克里斯托法的臉龐變得判若兩人。

「跟摘蘋果是一樣的……余的處女座之淚可沒有拔不下來的果蒂唷。」

體恤人民的溫柔王子已不復存。

那是面臨戰鬥的劍鬥士（gladiator）臉龐。

◆距離投入鄰人還剩兩小時◆

魔境，用這個字彙來形容此地再適合不過。

島內被綠色陽光照耀著，地表色彩是深紫色，河川與瀑布被有害的地質毒侵犯，化為有毒汙水。大氣遭到汙染，沒有防毒面具的話，人類甚至活不過一個月。

在地質變化下，陸地面積縮小為過去的三十五分之一。

那兒是曾被稱為冰島的大地。

【MI02目標】——是世界上存在著兩處的馬里斯群生地。

話說回來，皇后種的侵略大致可分成三個階段。

階段Ⅰ……餵食幼體群＝為了餵食小孩而侵略有人居住的土地。

階段II……選擇苗圃＝有資歷的皇后種會找尋可供扎根的場所。

階段III……汙染環境＝皇后種扎根後會開始破壞當地的生態系統。

最終讓環境變成除了馬里斯外，沒有任何生物能居住的地方。

換言之所謂的MI目標，可以是建立在人類敗北之上的【馬里斯占領地】。

鋼鐵腿足踏平毒沼，戰騎裝一邊在槍口燃起火光，一邊陸續著水。從有毒大河中探出上半身後，一眾鐵巨人開始奮戰。

『人馬1號回報司令部！繼續進軍有難度！請求撤退許可！』

『司令部通令人馬1號，不准撤退，按照預定確保路線。』

前方附近的沼澤高高隆起，巨大鰻魚・主教從水中抬起頭部。

四架戰騎裝開始齊射，在白色柔肌上刻下彈痕。主教一邊飛濺黑血，一邊咬住其中一架的頭部。男人發出慘叫，部隊混亂的情況也擴大了。

『強尼!!這隻臭蛇！給我放開強尼！』

同伴的戰騎裝將子彈擊入伸出沼澤的蛇體。

在不斷擴大的混亂中，隊長機傳出中年男子的怒吼聲。

『我無法聽令行事！已經有四個人被幹掉了喔！只要叫部下陪我一起去送死就行了嗎！連一次又一次的損害報告都視而不見，你們這群混蛋！』

『我方已請求砲火支援，不准撤退。聯合國軍隊一〇五人馬中隊繼續努力確保行進路線。』

『你們總是如此！坐在椅子上喝著咖啡，有如呼吸般叫我們去死！你這個臭惡魔！能活著回來我要幹掉你吶！』

隊長機也加入戰局。之後又出現了四名犧牲者，一〇五人馬中隊總算成功壓制了指定的位置。

◆距離投入鄰人還剩一小時◆

歐洲聯合軍・南區臨時要塞陣地。

那兒是位於最後方的丘陵地帶，建構在丘陵上方的是南方的大防衛線。

戰車與自走榴彈砲整齊劃一地排列著，其砲口不絕於耳地演奏砲火的大合唱。周圍也能看見步兵們的身影，他們正將砲彈搬進戰營帳篷內。

砲戰規格的戰騎裝也一字排開擺出陣型。它們將巨大盾牌刺進地表，用大口徑的火箭發射器參與砲擊。位於四周海域的護衛艦也擔任著支援砲擊的任務。

此地集結了半數歐洲聯合軍，這是為了迎擊從島上朝這邊聚集的馬里斯。之所以有眾多敵人朝這邊聚集，其理由便是——

『欸啟二一，這下子應該暫時不用聲東擊西了吧？』

女社團成員用公開頻道說話，在砲擊部隊背後那一大片平地空間上，冰室義塾的機體正單膝跪地待命中。

修長身軀上有著灰色塗裝，所有機體都有著護目鏡造型的頭部。

這是赫奇薩佯攻部隊・機兵社團的【疾風】。

『既然把大本營設置在這裡，只要沒出什麼大狀況，歐洲聯合就不會想把我們移出這裡……應該是吧。』

男學生雖然如此回應，聲音卻也顫抖著。機兵社團全員都被派去進行這項作戰行動。在開幕的登陸作戰中，他們完成了大型的佯攻任務。

壓制此地後司令部下達了待命指示，其目的是為了將附近的馬里斯幼體群吸引到這個地方。

『或許這是我第一次覺得身為赫奇薩真好呢。』

『雖然不能大聲說出口……不過安全的後方真是棒極了。』

現在可以維持安全，然而二十三名社團成員都抱持著同樣的不安。

一旦狀況有變，自己這群人隨時會被派去敵人面前狂奔……以誘餌的身分。

『喂！好像傳來通訊了！說從現在開始3號機要——』

其中一人打算提醒同伴注意時——紅光覆蓋了這個要塞陣地。

在天空上……捲起一場光芒的盛大噴火。

光束在空中飛舞，四散成數萬根線條。光束飛散，陸續落在島上，然後這回換成是光柱到處升起。猛烈震盪隨後而來，接著是巨大衝擊。

社團成員發出慘叫聲。

爆炸應該發生在遙遠的彼方才對——其餘波搖晃處於待機狀態中的疾風。當紅光與衝擊波停下後，一人叫道：

『那是啥！』

數公里前方的海岸線上——有著一片令見者遠近感錯亂的光景。

『……龍？』

她見到的是【雙頭龍】。機械製巨龍正緩緩將腳踏上海邊，海面分成兩邊，過分巨大的尾巴浮上水面。

其中一個腦袋張大下顎，口腔內部產生光芒，然後凝聚。待光芒變成光線後，龍將光線吐出，數公里前方揚起同樣的火柱。

是廣域壓制戰用鄰人．3號機【大太龍】——中國持有的機體。

它以鄰人規格中最大的尺寸為傲。傳說它曾在中國境內發生的大戰中把山擊碎過，這還是它初次被投入公開的作戰行動。

聯合國軍隊・北區大本營地點。

這個陣地在大太龍出現場所的另一邊。

此處是聯合國軍隊布下的前線據點。與南區的歐洲聯合相同，聯合國軍隊大部分都集結於此。北區一帶響徹著「聖歌」。

大本營後方站立著全長二十公尺的【女神像】。

它有著令人聯想到女性的四隻手臂，身披黑色與群青色有如長袍般的外裝。頭部設計仿造了女性臉龐，眼睛則是閉著的，目前正有如歌詠般張著嘴巴。

模仿女神像的鄰人正在歌唱。

『已確認方圓十公里內的幼體群鎮靜下來了！』

觀測員大聲說道，朝這個大本營突進的幼生群停止了牠們的進擊。

其數量有上千規模。牠們從奔馳變成步行，最終由步行轉為靜止。

馬里斯有如被歌聲迷住般陸續停止動作。

下個瞬間，部署在大本營的機甲兵團與護衛艦艦砲噴出火光。

以面進行壓制的驅逐行動開始了。就算血肉被灼燒，四肢被轟飛，也沒有半隻馬里斯試圖移動。

沉靜操作型鄰人・15號機【伊莉莎白女王】——是由英國持有的機體。

就算身在陸地，大太龍也能單槍匹馬進行大規模壓制。至於伊莉莎白女王，據說它是在地面馬里斯戰中最適合驅逐幼體群的機體。

這兩機是長年以來除了防衛本國外從未動用過的祕藏機體，而且——

『開出道路的所有人，在此向諸位致謝。』

身為主角的鄰人也登陸了。

重重踩上東側大地的是【純白聖鎧士（palatine）】——渾身散發出金色靈氣的人型鄰人。

它有著王冠造型的頭部，多重裝甲令人聯想到重騎士，豪華絢爛的裝甲裝飾釋放著眩目光輝，這正是飄散著「王」之威儀的鄰人。

【聖王】【歐洲的白巨人】【崇高的斷鋼聖劍】——據說光是一機，其戰鬥力就足以匹敵大西洋艦隊的所有戰力。

『在此通告全軍……余來也。』

極大輸出型鄰人・17號機【處女座之淚】——正是歐洲聯合的殺手鐗。

西側區域同樣浮遊著巨大黑影，四周沒有友軍的氣息。

前方沙塵飛舞，告知有大群生物接近而來。黑色物體與茜通訊。

『目前我對特務無話可說。』

黑影維持一定的速度，就這樣水平移動著。

『請讓大家見識一下東洋最強的魔女，魔女之零（witch‧zero）的力量。』

前方有數不盡的馬里斯朝這邊突進，茜開口說道：

『現在可使用所有武裝。特務……請開動吧。』

在三百六十度全方位的螢幕包圍下，賽蓮俯視戰場。就算望著敵人緊逼而來，她心中也毫無感觸。賽蓮機械式地說出那句話語。

『小黑，破壞大家。』

主人一聲令下，束縛黑色破壞要塞【狄絲特布倫】的鎖鍊解開了。

賽蓮下達許可後，狄絲特布倫搖身一變成為破壞神。

Ⅱ 翻桌

這裡是美國・紐約——舊・聯合國總部大樓。

令人聯想到宗教繪畫的巨大壁畫高掛牆上，圓形會議桌就擺在那張繪畫的下方。這是足以容納數百人的會議室，然而如今這間會議室裡卻空無一人。

相對地卻飄浮著長四十五公分、寬三十八公分的光學影像，其尺寸跟一張油畫板差不多大。那些影像隔著會議桌面對面地飄浮著。

映照在畫面上的是安全保障理事會的諸位成員。

美國總統，喬治・康達。中國大總督府，王黃龍。

俄羅斯總統，阿西莫夫・契柯夫。日本總理大臣，深川正臣。以及歐洲聯合代表，英國首相大衛・布朗。除此之外還有參與此次作戰行動的各國首腦。

本次的作戰行動正以線上會議進行協議。

『希望歐洲聯合的諸位於此地再次宣誓……吾等必須重新統合意志才行。』

首先發言的人是美國的喬治總統，英國的大衛首相做出回應。

『是的……吾等歐洲聯合在此約定，此次作戰成功之際，也會參與由聯合國(UN)主導的櫻之劍討伐作戰行動。』

這句臺詞感覺甚至像是被其他常任理事國半逼迫說出口似的。

自從櫻之劍出現後，英國迅速轉換了對赫奇薩的政策。不但恢復了赫奇薩的人權與市民權，還將他們從管理地中釋放。

這也是間接表明英國對仁等人櫻之劍並無敵對之意。另外，也可以說是試圖盡快脫離聯合國這艘快沉下去的船。

然而其他常任理事國並不允許此事發生，喬治接著說道：

『如今櫻之劍已經成長至凌駕一國軍事力的地步了。繼續對它置之不理的話，赫奇薩君臨於人類之上只是時間上的問題吧……吾等非得阻止此事發生。』

常任理事國有一大半會如此懼怕仁——其理由便是全世界的赫奇薩都會被解放使然。而且還是怨恨人類的赫奇薩們。

赫奇薩超越了人類。智力．體力．潛在能力，不論是哪一項都凌駕於人類。而且在漫長的歷史中，人類並未遭遇超越自己的智慧生命體。

因為不瞭解所以害怕，因為害怕所以要管理。結果，人類選擇了迫害赫奇薩的道路。

『只要降伏那群傢伙，得到其他鄰人的話……就能維持秩序，也能戰勝馬里斯。』

以喬治為首的聯合國軍方首腦，於此地重新下定決心。

『那些臭變種人會成為更甚於馬里斯的威脅……絕對不能置之不理喔。』

存活下來的是人類還是馬里斯，即使到了生死存亡之際——人類依舊無法完全捨棄自尊心。

ＭＩ02目標以有害的瘴氣覆蓋著整座島嶼。

從上空觀察，看起來會像是籠罩著一團紅紫色煙霧吧。在島上陽光看起來之所以是綠色的，就是飄散在大氣中的這股瘴氣使然。ＭＩ02目標四周的海域，目前已各自配置了歐洲聯合軍隊與聯合國軍隊這兩支艦隊。

空出間隔排列著的護衛艦——接連從艦砲中噴出火光。大砲巨響足以震破耳膜，每次出現砲聲，砲擊著水的海面就會大大地搖晃。

在船團背後，登陸艦正在發射戰騎裝部隊。甲板上以等距間隔開啟十二個洞穴，十二架戰騎裝升至甲板上。戰騎裝噴射飛行套件的噴嘴，開始出擊。它們貼著海面飛行，朝ＭＩ02目標前進。

旗艦坐鎮於歐洲聯合艦隊最後方，那是二百公尺級的超大型戰艦，前後甲板各自設置著兩座四十公分三連裝砲。

這是旗艦【潘德拉貢】——英國海軍自豪的英國最終決戰艦。

艦橋有近百名將校士官擔任操舵．通訊任務。

「閣下，鄰人各機開始進軍了。」

坐在艦長席的是負責極限突破計畫的最高司令官。

他身穿灰色海軍制服，有如鐵面具的臉龐刻劃著年輪般的皺紋，淡灰色眼眸帶著睿智的光芒。

「很好，確保潘德拉貢傳令東部方面軍。」

他是英國海軍大將，海曼．沃查奇。

茜在艦橋上也借了一個位子，進行狄絲特布倫的聯絡員任務。

鄰人是此次作戰計畫中最重要的要素。除了大太龍以外的鄰人，其指揮權都暫時交由英國海軍掌管。海曼對茜說道：

「放輕鬆吧，茜。吾等將忠義之劍寄託於女王陛下與皇太子殿下，本艦橋上沒有半隻輕視妳們赫奇薩的豬玀存在。之所以趕走日本監察官，也是希望妳能毫無保留地竭盡全力吶。」

海曼把茜叫到艦橋上後，就立刻把防衛省的監察官趕下船。

「妳可是那位作戰籌劃家一手調教出來的赫奇薩，而且還是規格外十名數字之一。我們對妳擁有的智慧之泉抱有莫大的期待。」

軍帽的縫隙可以窺見老鷹般的目光——茜不由得挺直背脊。

「我會多少睜一隻眼閉一隻眼的。只要是為了勝利，隨妳怎麼發言。」

「……我會盡力不辜負您的期待，閣下。」

雖然被那股魄力震懾，茜仍是做出回應。

「很好，潘德拉貢傳令東部方面軍，確保亞瑟1號的路徑。」

海曼在艦長席上十指交握，用雙手捂著嘴巴。

「吾輩乃劍，要將處女座之淚送至國王種身邊，如此一來……就是吾等的勝利。」

茜懷疑起自己的耳朵，因為海曼的聲音裡感受不到一絲一毫的動搖。

茜抬頭望向坐在背後的海曼。

甚至飄散出霸氣的威儀就在那兒。另一方面，海曼則是盯視著正面的螢幕。

螢幕上映照著白色的王機。

眾馬里斯踩爛紫色盆地，士兵與城堡種無立錐之地地蠢動著，有翼士兵與有翼城堡種則是在上空飛行。雄騎士也參與了這波侵略。

異形軍團前進，為了尋求鄰近者（頂級獵物）。

對向是全身飄散鬥氣——黃色的霧狀蒸氣——的處女座之淚。受到克里斯托法吸引，附近一帶的馬里斯幼體群都聚向這邊了。

有如展示手背般，處女座之淚高舉拳頭。

『殿下，開幕的狼煙就交給您點燃了。』

在處女座之淚後方一百公尺處，一派騎士風範的戰騎裝整齊劃一地排列著，其數量有二十架。他們是處女座之淚的直屬部隊。

【迦倫提恩王立近衛騎士團】——擁立威爾王家的獨立親衛隊。

『雖然想派諸位去防衛首都就是了……。接下來就算死去余也會拋下你們，即使如此還是要跟過來嗎？』

『能成為殿下的墊腳石乃是最高的榮譽，請您笑納吾等的忠義。』

『那余便收下吧。為余盡忠，好好奮戰一番後死去吧。』

克里斯托法對騎士團長如此說道後，騎士團高聲表示「「「光榮至極！」」」

『開始聖戰吧。』

處女座之淚微微抬起臉龐，站穩馬步壓低重心，將其右拳向後收至耳後，接著右肘噴出噴射火焰。

『刮目相看吧！這便是，神所賜予……屠盡惡魔的星之王鎧！』

處女座之淚渾身噴出黃色鬥氣，量與先前完全不能相比。黃色光芒化為光柱，筆直地伸向天際。

『以此擊做為反擊的狼煙吧！』

一步踏出大地震裂，耀眼光華照亮處女座之淚的臉龐。

「聖鎧之……天拳！」——處女座之淚的右拳化為剛彈。

拳頭飛翔，筆直地劃開怪物之海。拳頭通過寸秒後，光彩瞬間耀眼輝煌。拳頭後方鋪上爆炎地毯，橫掃千軍。如同字面所述，一擊就刺穿崩塌了。

『人啊憤怒吧！人啊發威吧！』

處女座之淚也擊飛左腕。左拳化為剛彈，再次在敵人的波濤上挖出洞穴。

『全軍！進軍啊啊啊！』

將擊飛的左、右腕裝回手肘後，處女座之淚大大地跨出一步。

王之一擊成為開戰的號角聲，這次換成是騎士團出動了。

『全機，拔劍！』

迦倫提恩騎士團從肩上拔出單手劍，將明晃晃的白刃裝備在右手上。所有機體左手拿著突擊步槍，右手則是握住單手劍。二十架騎士以整齊劃一的動作進入突擊的姿勢。

『王開拓出道路了！全機，飛吧！』

『『『『唔喔喔喔喔喔喔喔喔喔喔喔喔喔！』』』』

二十架騎士從處女座之淚左右兩邊起飛，正面迎戰鑽過火焰的馬里斯幼體群。

——士兵種因槍擊火線而噴出血花。——三架機體一起撲向城堡種，其長劍刺進脖子、眉間，以及腹部。——五架機體一起朝空中發射榴彈，有翼馬里斯啪噠啪噠地墜向地面。

『膜拜吧！星辰的閃爍！』

處女座之淚背部伸出「光之斗篷」。斗篷的光輝變得極為激烈，處女座之淚拉開步伐後，斗篷大大地迎風飄揚。

『聖套之威光！』

光之斗篷霧散，數十道光線同時撫過地面，下個瞬間。

曾在光線軌道上的所有物質都飛向正上方。

光之斗篷生成、爆開，而且每次都會有光之軌跡在戰場上奔馳。爆炎瞬間擴散，周圍熊熊燃起一片火海。

即使被火焰灼燒，王機依舊前進著。每一擊都有著不輸給機甲師團砲火齊射的威力。雖然被火焰燃燒，還是有一隻城堡種撲向處女座之淚。

『呼嗚！』

鋼鐵掌擊猛然抓住城堡種的臉龐，單手制止城堡種的突擊，接著用左手抓下牠腹部的肌肉。

『凝事！』

城堡種的軀體被撕裂，濺出的鮮血噴到裝甲上，但血液立刻就被黃色蒸氣蒸發了。即使如此，敵人的數量仍是很多，數十隻敵人從陸空全方位逼向這邊。

『歸於塵土吧！』

鬥氣混雜著紫電，處女座之淚全身發亮。光芒爆炸性地增加光輝強度，形成足以掩去周遭事物的光量。

『聖心之悲罰！』

光芒以處女座之淚為起點產生爆炸，過分強烈的光將周圍景色化為一片純白。光芒停止……衝向這邊的幼體群盡數化為塵埃。

【武裝能源】——是處女座之淚的羅布林卡引擎產生的流體燃料。

也可以說它是具有質量的能源，不只是燃料，也能當成武器使用。總是從關節處流出的黃色霧氣，可以說是從機內溢出的能量殘渣。

在正規的鄰人中，處女座之淚生產的能源量遙遙領先位居首位。其戰略價值甚至足以讓歐洲聯合拒絕聯合國的情報公開義務隱瞞至今。

『能看見嗎……余背上有著英國六千五百萬個臣民！住在歐洲的六億人民的性命！這道光就是神罰！畏懼吧！頂禮膜拜吧！』

克里斯托法如此吼道，有如舉起聖火般將右手高高地舉至天際。黃色鬥氣——

武裝能源延伸，可視化能源凝聚形狀，變成一把長劍。

處女座之淚全身噴出光輝蒸氣。

『王之星劍！神啊！！！！』

長劍高高舉起，延伸至九重雲霄。以處女座之淚為起點，MI02目標升起一道黃色光柱。王機用大動作揮落能源劍刃。

光的橫向彈幕——直達天際的光劍**落下了**。

巨大衝擊與巨大轟響傳出，光芒在這一揮之下掩去這一帶的地區，敵人化為血肉骨粉被轟得灰飛煙滅。

光劍漸漸收攏，消失。聚集於此的幼體群完全消滅了。

『這裡是亞瑟1號！道路已經開通了！還能動的人跟余一起上！』

戰鬥開始僅僅過去十分鐘——

由處女座之淚率領的迦倫迪恩王立近衛騎士團擊潰了三成——約四千五百多隻——在東部方面蠢動的馬里斯幼體團。

在潘德拉貢的艦橋上，茜產生眼睛好像要跳出來的感覺。

（居然藏著這種貨色！歐洲聯合！）

以即時影像觀看戰鬥過程後，茜感到坐立難安。那種戰鬥力已經不是戰術兵器，而完全是戰略兵器那一類的東西了。

（這樣當然會拒絕聯合國公開情報的要求囉。展現出這種戰鬥的話，聯合國就算不擇手段也會想將它置於自身的管理之下吧。）

看著被火焰照亮的處女座之淚，茜如此心想。處女座之淚大步邁進，在陸路上進軍。迦倫迪恩騎士團則在它周圍布下銅牆鐵壁的防禦陣型。

有如身陷泥沼般展開消耗戰的歐洲聯合軍，以處女座之淚參戰為契機，至此一口氣向前推進戰線。

這下子茜可以理解為何擠滿這個艦橋的船組員如此沉著了。

（歐洲最強果然不是擺著好看的，像那樣士氣當然會高漲囉……在那麼多馬里斯團團包圍的極限狀況下還能**運用自如**。雖然想吐槽一句以為自己是舞臺劇演員啊就是了。）

英雄——看到如今的克里斯托法後，浮現在茜腦海中的就是這麼一句話。

處女座之淚的白色背影……在茜腦海中喚醒一名人物。

閃過腦海的是鮮明至極的「紅」——他也是一馬當先引導著自己與眾人。自己這群人也曾經有過追在那道背影後方奔馳而過的時代。

「不論是何種時代，人們都喜愛、追尋著英雄。其雄姿會吸引萬人的心。」

茜悲傷地垂下臉龐。她開啟光學畫面，展開操作面板。

（即使如此……還是不及狄絲特布倫。）

光學螢幕上投影出另一個戰鬥區域。看到那個後，海曼開了口。

「茜，1號機的進度如何？抵達補給點為止的所有支援都中斷了吶。1號機那邊應該也聚集著相當多的馬里斯才對吧？」

茜抬頭仰望海曼，有空閒的船組員們也偷瞧茜的模樣。

茜用毅然決然的態度回答。

「如果殿下的處女座之淚是大西洋最強，那特務的狄絲特布倫就是太平洋最強了。」

「呵……」

茜的回答讓海曼用測度般目光灑向她。

「第二富士在末期者出現後依舊能夠成功防衛，全是我國的鄰人，1號機的壓倒性性能與其鄰近者的功績使然。」

螢幕畫面切換，看到投影出來的狄絲特布倫後，茜湧上一股黑色的表現欲。

（讓他們見識見識吧，特務。）

看到那種戰鬥後，這次就換成海曼等人要大吃一驚了。

（好好感受足以填補規格外十名數字(ten number)缺號的黑死魔女……【魔女之零(witch・zero)】的可怕之處吧。）

＊＊＊＊＊

「要怎樣才能變強嗎？」

賽蓮點點頭。被如此詢問，冰室夏樹即艾倫・巴扎特頓時慌了手腳。

他彎下身軀問「為何問這個？」後，賽蓮結結巴巴地說道：

「因為……我有了很多朋友。」

賽蓮緊緊抱住海豹玩偶，然後開始彎折右手的手指。

「有柔吳吧，奧爾、阿山，隊長。月下、日向、飛鳥跟顎。還有紫貴跟葵，茜也是。因為大家都對我很溫柔……也幫助著我，所以……」

艾倫很開心地在臉上盈滿微笑。

「雖然討厭戰鬥，不過……不想失去朋友。」

賽蓮的聲音漸漸變小。

「雖然有可能做不到就是了。畢竟大家都很強，我卻很弱。……？」

艾倫將手放到賽蓮頭上。

「沒問題的。賽蓮比跟我初次相遇的那時要強多了。」

頭上放著手的賽蓮，就這樣微微歪頭。

「……小黑？」

「嗯？……啊啊，妳跟狄絲特布倫心意相通後，確實變得能夠引出那架機體的性能了。不過不是只有這樣唷。」

如此說道後，艾倫用拳頭敲擊自己的胸膛。

「因為人的力量泉源，就在於心。」

被這麼一說後，賽蓮望向自己的胸口。的確，與跟他邂逅的那時相比，那邊是變大了。

然而，她卻不覺得那個跟現在講的話題有關係。

「力量就是，胸部的尺寸？」

艾倫差點忍不住要滑倒……這就是已經逝去的昔日回憶。

*****

全長二十九公尺的巨大物體飄浮著，全身上下每個角落都有「觸手」在蠢動。

兩道赤色光輝從內側發出異樣光彩。

在四周，馬里斯陸續朝這邊集結。巨大物體總是散布著黑霧。

黑霧——就是殺掉馬里斯後流出的血。

好幾隻士兵種踹向地面飛撲而來，一跟巨大物體接觸就瞬間被虐殺成碎片。其中有一隻抓住機體。

抓在機體上方的士兵，其腳底有觸手在蠢動。觸手飛出，緊緊捆住抓在機體上的那隻士兵種的全身，接著士兵被拖進草叢中。

牠的身影消失後，肌肉被壓扁的聲音傳出，同時黑血高高地噴濺——

＊＊＊＊＊

賽蓮將這一連串話題講給星辰小隊聽。前田奧爾森跟江藤山武當場捧腹大笑。

「嘚！」

賽蓮用小粉拳叭咔叭咔地輕毆山武的腹部，山武一邊說「抱歉抱歉」，一邊壓住賽蓮的額頭。

「哎，不過總隊長那種人，感覺是會把一切歸納到精神論上面呢。」

「這種解說確實很難讓我們的小鄰近者理解吶。」

奧爾森也在大笑一陣子後表示理解，賽蓮詢問兩人。

「怎麼做才能變強？」

奧爾森跟山武面面相覷。「等一下」如此說道後，山武玩了玩下巴的鬍子。

「嗯～～要快速變強的話，果然還是『抱團』了吧？就是用圍毆的。」

「喔！這個好！」

賽蓮眼睛半閉瞪視，說出「好遜」的直率感想。

「哈，真是不懂！不懂吶，妳這巨乳蘿莉！聽好囉？就算是戰隊英雄片也是五人一組跟怪人戰鬥不是嗎？也就是說那個啦，指的就是要團結合作。」

「要互相彌補彼此的不足之處喔，我們三人一起戰鬥也是如此呢。」

賽蓮有如被雷打到般大受衝擊，心想確實是這樣沒錯。然後，正在進行文書工作的亞賀沼大地單手拿著平板電腦走向這邊。

「試著從理解自己的『武器』跟『弱點』開始著手吧。」

將平板電腦置於桌面後，大地喝了一口馬克杯裡冷掉的咖啡。

「……哎，舉例來說，我對行事果斷以及白刃戰機動有自信，但對正確進行輔助機動這件事還挺不在行的。」

奧爾森雙手扠腰。

「像我很擅長輔助機動與支援射擊，但投彈時機總是交給山武負責呢。」

山武用大拇指比向自己。

「那麼，說到我嘛，雖然以壞點子很多腦袋靈光，但與他們兩人相比，我明白自己反應速度較慢吶……真的只有慢一點點唷？」

賽蓮大大地點頭。

「隊長在前方，奧爾是正中間，阿山在後面……經你們這麼一說，一直都是這樣呢！」

大地將視線抬向上方思索。

「雖然並不是一直都這樣……但基本形嘛，就是如此吧？被總隊長指正後，基本形變成了三角陣型（triangle），不過伴攻機動確實受到五號隊不少影響吧。」

「呵，結果妳有好好地看著我們呢。」

「總覺得很開心耶！」

大地感到敬佩，山武與奧爾森則是來回撫摸賽蓮的頭——

＊＊＊＊＊

巨大物體同狄絲特布倫光是杵在那邊，就會散布死亡。

鋼鐵藤蔓——狄絲特布倫的機械手臂——覆蓋著整架機體，其數量破千的藤蔓正斬裂著接近而來的敵人。

有翼城堡種從正上方朝這邊急降，從觸手鎧甲裡飛出四根機械手臂。它們抓住急降的有翼城堡種的單腳，就這樣把城堡種來回亂揮。

巨軀每次落下都有敵人會被壓死，那是用棍棒擊潰大群小人般的光景。

這回換成是覆蓋全身的藤蔓出現縫隙，有三十二個洞穴打開了。

空洞朝全方位伸出三十二根光束，那是黑色的破壞光。黑光無視物體的厚度與數量，貫穿位於直線路徑上的馬里斯。

屍骸之山以秒為單位愈疊愈高，死亡如同瘟疫般蔓延開來——

＊＊＊＊

「怎麼做才能變強，是嗎？」

茜如此反問後，賽蓮身穿圍裙打扮，單手拿著平底鍋點點頭。

在晚飯的餐桌上，除了茜以外，也叫來了九重紫貴跟一之瀨葵。

「嗯～，就特務的情況而論，狄絲特布倫會處理好一切。所以硬是要說的話，就是繼續加深與狄絲特布倫的友好關係吧？」

面對茜的回答，賽蓮反問「跟小黑當好朋友？」

「沒錯，老實說，那傢伙還挺陰晴不定的不是嗎？畢竟心情不好時動作也會莫名變差……之前收集定期數據時，也因為它鬧脾氣而晚了四十分鐘。」

「小黑是玻璃心，渾身帶刺，原諒它吧。」

正在閱讀經濟新聞的紫貴關閉光學畫面，加入兩人的對話。

「試著改變思考方向的話，也能讓狄絲特布倫的戰鬥機動更加洗練吧？」

賽蓮豎直耳朵。放下平底鍋後，賽蓮關掉電磁爐，接著將分切好的厚玉子燒放上大盤子將它端至桌面，然後在紫貴身邊坐下。

「狄絲特布倫不管是哪種武裝都太強大了。看它掃蕩幼生群時，我都會覺得它有過度殺傷的傾向呢。」

「過度殺傷？」

「就是說做得太過火了。就算只是一隻士兵種，狄絲特布倫也會使盡全力擊潰，或是發射飛彈對吧？如果能用省油耗的方式戰鬥既能節省彈藥，能量循環率也會大幅提升唷。不過這件事也要賽蓮能確實控制住狄絲特布倫才行呢。」

被紫貴這麼一說，賽蓮開始思考……理論雖然明白，卻不曉得具體而言要怎麼做才好。看賽蓮這樣，紫貴一句「對了」將視線移向葵。

「看看鬼燈的戰鬥資料，或許能學到東西吧。」

葵正在偷吃厚玉子燒，發出「偶嗎？」的滑稽聲音。

「葵戰鬥時乍看之下好像什麼都沒想……應該說她真的什麼也沒想就是了，機體卻幾乎會自行做出最適當的行動唷，這是為何呢？」

「唔……身體因為訓練跟經驗，變得會擅自做出動作了嘛！如此一來我不就像是笨蛋了嗎？」

「與其說是笨蛋……不如說是動物？」

葵整個人壓在茜身上對她使出鎖喉功，賽蓮把兩人晾在一旁，逕自詢問紫貴。

「該怎麼做才好？」

「讓狄絲特布倫看看鬼燈跟艾菲娜的戰鬥資料如何？讓狄絲特布倫掌握動作的節奏吧。這裡的重點是要省去多餘的機動，提升效率與油耗唷。」

賽蓮有一種見到光明的感覺，所以開口說了句「謝謝」。

紫貴露出苦笑，將長髮撩到耳朵上。

「要進行實機測試時隨時說一聲，我會去申請許可的。」

＊＊＊＊＊

被狠摔十八次後城堡種製棍棒腿部脫落，跟它壓扁的馬里斯一同走上化為碎肉的末路。狄絲特布倫忽然停住，藤蔓在背後蠢動高高地隆起。

四根砲塔移動至外面。

飄浮在背後的砲塔——砲身傳動軸自動伸長，四根砲塔一起倒下，改變方向呈現水平狀。那是抹消萬物的女巫魔杖，狄絲特布倫將魔杖指向東西南北。

砲口產生黑色光球，光球膨脹，朝球體中心捲動漩渦。

『消失吧。』

極大化的黑光……而且還有四顆，一起被吐了出來。

那是與方才相比完全無法比擬的巨大破壞光線。

地面被挖出一道直線，黑線吞沒光線反射，破壞光將它接觸的物體連同空間一同抹消了。

四根魔杖冒出白煙，魔杖同時收縮砲身傳動軸。四根魔杖都垂直地豎起，以有條不紊的動作整齊地排列在狄絲特布倫身後。

曾經回響成那樣的怪物吼叫聲戛然而止，地表因馬里斯的屍骸與鮮血而消失，威脅連一隻都沒剩下——

＊＊＊＊＊

賽蓮目睹略微意外的光景。

伍橋月下與八雲日向身穿訓練裝努力地訓練著。

月下在做單手伏地挺身，日向則是用夾胸機在練胸肌，左右兩邊的握桿在胸前一開一闔。賽蓮一邊眺望這種訓練光景，一邊詢問：

「為什麼做肌力訓練，而不是又跑又射呢？」

賽蓮也知道月下擅長機動戰，日向則是砲擊戰專家。既然如此，進行機動訓練或射擊訓練應該比較好才對。月下對如此心想的賽蓮說道：

「我們是，傷兵，呼！所以！」

月下的下巴在快碰到地板時向上抬，汗水從下巴末端流下。

「基礎！體力！呼，得練得比，普通人，還要好！才行！」

日向每次闔起握把、張開手臂時就會重重吐出氣息——

練了好一會兒結束訓練後，賽蓮將毛巾遞向兩人。

「那麼，剛說了啥？記得是要變強嗎？」

月下用毛巾擦拭臉龐，她的答案很簡潔。

「好好吃飯，好好運動，好好睡覺。因為士兵就是要靠體力決勝負。」

月下將毛巾掛到脖子上後，用手捏了捏賽蓮軟綿綿的上臂。

「對這裡長肉的孩子來說可是一發見效唷。」

賽蓮厭惡地推開月下的手，日向面帶苦笑地補充說明。

「正如賽蓮所知，作戰時也會累積壓力，而且還得好幾個小時進行作戰計畫。人一旦疲累思考力就會低落，而且專注力也會變得散漫……我們這些士兵不論身處何種狀況，都必須發揮出軍隊要求的表現才行。在狙擊時射偏，可不是一句因為我很累就能了事唷。」

賽蓮再次感到恍然大悟。賽蓮急急忙忙地將布偶放到地板上，模仿起月下挑戰伏地挺身。

「呼唔唔唔唔唔！」

她面紅耳赤核心使勁……然而身體卻叭嗒一聲貼住地板，就這樣一動也不動——

＊＊＊＊＊

駕駛艙內的賽蓮毫無感慨，露出望向遠方的眼神。

她微微脖子轉向右邊，茜的通訊立刻傳了進來。

『特務！探測到新的熱源反應，據推測應是皇后種。』

茜如此說道前，全方位螢幕就映照出敵人的身影。

牠腹部朝天，以背橋的姿勢猛然衝向這邊。牠的胸部上長著大嘴，全身描繪著令人聯想到爬蟲類的斑紋，是與皇后種【標準型】似是而非的【標變型】。

『比對符合，據推測應與海格力斯計畫中觀測到的皇后種是同一類型。棲息於MI目標的皇后種擁有普通種難以比擬的戰鬥力，請務必注意。』

茜將過去的戰鬥數據傳送過來，子畫面播出戰鬥紀錄的影像。

『雖然類似標準型，身體能力卻不能一概而論。海格力斯計畫那時，9號機才剛登陸幾分鐘就被逼至重度破損的窘境。一旦被抓住，就算是鄰人的裝甲也會被輕鬆剝下，所以絕對不能讓牠靠近。』

另一方面，賽蓮卻是毫不動搖。

（牠……是畫在圖鑑裡的傢伙。）

將手放上水晶球後，賽蓮對狄絲特布倫下達「許可」的命令——

＊＊＊＊＊

賽蓮追尋力量的旅程並未告終。為了去見睦見顎，賽蓮在學園走廊上步行。然後，她在前方發現一條人影。

「咳咳，啊……今天我剛好有空吶。」

有如要講給別人聽似地自言白語的人是七扇大和。賽蓮大步從這樣的他面前通過。大和瞬間感到動搖，立刻邁出步伐跟在賽蓮身後。

「呼，平常雖然抽不出時間，不過如果是現在的話，好像有辦法替別人諮詢一下吶。舉例來說，就像是對陷入瓶頸的後輩提供一針見血的意見之類的……吶。」

賽蓮雖然心想「為何這個人在自言自語啊」，卻也沒有停下腳步。

另一方面，大和曉得賽蓮這幾天四處遊走請規格外十名數字提供意見的事。他硬是繞到賽蓮前方。

「喔喔，真是巧遇吶。賽蓮汀娜特務。有什麼事想問我痛痛痛痛！好痛好痛！」

賽蓮突然猛扯大和的頭髮，大和一邊說「會脫落的！」一邊揮開賽蓮的手。賽蓮不高興地鼓起雙頰。

「別每次見到面就拉我的頭髮啦！妳這傢伙跟我的毛囊有仇嗎！」

大和淚眼汪汪地抗議，賽蓮則是態度帶刺地別開臉龐。

賽蓮討厭大和是有理由的。因為中國內亂軍攻入時，大和曾對艾倫施加拳打腳踢的暴行。

就算之後被告知那是為了欺敵……賽蓮仍是懷恨在心。

「……哎，算了。我不是過來吵架的，有樣東西要交給妳。」

大和從口袋裡拿出記憶媒介，賽蓮歪了歪頭將它收下。按下播放鍵後，光學資料開啟，標題上寫著【馬里斯圖鑑】。

「這是將正式公開的馬里斯生態資料弄成圖鑑的東西。幼生群當然用不著說，也網羅了過去經確認的成熟型皇后種資料。比學園教材好懂三十倍，而且又編排得很有趣還真是抱歉吶。」

發出輕笑後，大和把髮型整理好。另一方面，賽蓮看到圖鑑則是大吃一驚。

裡面有色彩繽紛的糖果色，還是用能夠引起讀者興趣的方式編排的。

應該要注意的重點及弱點部位等等也做了記號，同時也寫上註釋，內容變得連小學生都看得懂。就在此時，後方傳來聲音。

「『知己知彼百戰不殆』……這是已經發霉的兵法書裡面寫的格言。」

「嚇！」「顥？」

來到這裡的人是睦見顥。顥將臉龐湊向賽蓮耳畔，輕聲對她說悄悄話。

「妳的所見所聞也能跟魔術師(magician)共享。只要閱讀這個，光是這樣就能變強唷。」

賽蓮驚訝地瞪圓雙眼，另一方面顥則是抬起臉龐露出得逞的笑容。

「真溫柔呢。」

大和「哼」了一聲轉過身軀，賽蓮慌慌張張地捏住大和的衣服下襬。

大和有如沒油的機器人般回過頭。

「怎、怎麼了？」

他用僵硬聲音詢問，因為他覺得自己又要被拉頭髮了。然而事情並非如此，賽蓮有如要展示圖鑑般將它舉起。

「會好好珍惜的……謝謝。」

大和微微睜大眼睛。浮現諷刺笑容後，他再次邁開步伐。

「那就好——」

＊＊＊＊

賽蓮下達攻擊命令後，蠢動的觸手中閃出兩道赤色光輝。

相對的，標變型則是踹向地面一躍而起，光是這就引發了地震。標變型飛舞至空中後，狄絲特布倫的藤曼鎧甲出現縫隙。三根黑色光線伸向空中。

剎那間，標變型的腹部有如氣球般膨脹。

「咻咻咻咻！」

標變型噴出強風，硬是改變軌道避開三道光線。

這次牠從胸部的嘴巴噴出強風，增加墜落速度逼近狄絲特布倫。

然而在下個瞬間……覆蓋全身的千根藤蔓卻朝上方飛出。

鋼鐵藤蔓以驚人速度捆住空中的皇后種，那是令人聯想到食人植物的駭人動作。受到拘束後，標變型被重重摔至狄絲特布倫的腳邊。皇后種的背脊朝奇怪的方向彎曲了。拿下藤蔓面紗後，它的全貌變得清晰可見。

狄絲特布倫的形狀變得跟以前截然不同了。

閃閃發亮的眼部攝影機看起來像是布滿血絲。

身軀看起來像是將巫婆帽垂掛在背脊上，裝甲邊緣處長著棘刺，每一處外裝都是扭曲的，造型歪七扭八。

曾經是雙手．雙腿代用品的四隻機械手臂——如今其數量增加至三**十二根**。

切割藤鞭有如樹木分枝般從三十二隻主臂向外延伸，這就是千根藤蔓的真面目。狄絲特布倫發出像是馬達驅動聲也像是野獸嘶吼的聲音，眼部攝影機如同亢奮般重複一強一弱的呼吸燈效。

其外形就像在體現拒絕萬物的巨大憎恨似地——

＊＊＊＊＊

放學後——賽蓮捏著艾倫的衣角，兩人踏上歸途。

「對了……妳追尋力量的旅程結束了嗎？」

艾倫一邊眺望夕陽一邊詢問，賽蓮試著回顧昨天發生的事。

大地他們要自己對「擅長」與「不擅長」有所自覺。
紫貴提點自己要「有效率地戰鬥」與「為了不疲倦而下功夫」。
從月下跟日向那邊學到「基礎體力」的重要性。
從大和那邊得到「馬里斯圖鑑」，顎也教自己「知識就是武器」。每一件事都有其意義，所以他們才很強吧——賽蓮如此心想。
然而……。
「只有夏樹的我不懂。」
只有艾倫的建言她不明白。為何當時他會輕敲胸口呢？為何說很弱的自己「變強了」呢……她提出問題後，艾倫露出苦笑。
「抱歉，我當時想說的是心的事情。」
「心？」
「嗯嗯，由心產生、化不可能為可能的力量，也就是勇氣。它能給予克服阻礙的力量，有時還足以讓人擊碎困境。」
「勇氣……」
「試著回想吧，妳與狄絲特布倫心意相通的那一天，挑戰皇后種的那時……。因為妳想幫助九重，所以才能做到那種事不是嗎？」
被如此一問，賽蓮「啊」了一聲。

艾倫說的是多頭型攻進冰室義塾時的事情。

紫貴試圖守護學園，孤身一人暴露在皇后種面前。從這般絕境將她救出的不是別人，正是賽蓮與狄絲特布倫。

「如果是我剛認識的妳，我想大概沒辦法在那邊挺身而出呢。不過，妳卻打破自己的殼，幫助了九重跟學園，還有我……將這種事變成可能的就是——」

艾倫回過頭，用手比向賽蓮的胸口。

「勇氣？」

艾倫有如在說「做得很好」似地露出微笑，然後握住賽蓮的手仰望橘色天空。

「人類是很弱小的生物。難受的時候，痛苦的時候，不順利的時候，得不到回報的時候……只要遇到這些事情，人立刻就會止步不前。而且一旦完全停止前進，那停下腳步的地方就會變成終點。」

賽蓮一輩子都忘不了那張側臉。艾倫的身影就是如此深刻地烙印在賽蓮的眼底。

「不過只要心靈顫抖就能再次站起，就算是大步奔跑也做得到，甚至足以讓純潔無瑕的小孩子變成溫柔的戰士……心有時候就是會產生驚人的力量。」

如此說道後，艾倫輕撫賽蓮的頭。賽蓮覺得自己被當成小孩對待，所以她厭惡地推回他的手。

「怎麼做才能……拿出勇氣？」

賽蓮仰望艾倫如此詢問。艾倫又笑了，這次他用力地搔亂賽蓮的頭髮。

「每個人都不一樣，找尋讓自己能努力下去的理由吧，賽蓮。」

「唔唔唔。」

賽蓮抱著亂翹的頭髮，有如抗議似地仰望艾倫。

《我想一直陪在你身邊，跟大家一起歡笑……所以我想變強。曾經……想過要變強呢。》

＊＊＊＊＊

賽蓮在駕駛艙內一個人喃喃自語。

「隊長……我曉得小黑不擅長什麼事情了唷。」

最喜歡的星辰小隊的三人……拋下自己死掉了。

「月下，我變得能做伏地挺身了喔。日向，我已經可以不休息連續跑三公里了。」

月下跟日向還有柔吳被賣去那個軍隊後，聽說就在那邊下落不明了。

「紫貴、葵，小黑學會很多殺法了唷，變得能夠巧妙地殺掉一大堆敵人了。」

總是在身旁的兩個姊姊也已經不在了，自己身邊已經空無一人了。

而且就連最想陪伴在身邊的那個人都……

「為什麼大家都……消失了呢？」

失去一切後，留給賽蓮的是過分巨大的「空虛感」。

當時悲傷記憶總是在腦海裡轉來轉去，胸口就像住進某種又黑又重的東西似地……賽蓮只想得起來痛苦的事情。

所以，她實踐了同伴們說過的話語。

只要這樣做，她就會覺得自己跟大家還**有所聯繫**……藉此排遣寂寞。

賽蓮不停鍛鍊，不停殺戮，一心一意地殺著馬里斯。

有如體現賽蓮的這種心情般，狄絲特布倫也改變了外貌。它一次又一次地進行可稱之為進化的自我修改，最終成為現在這種戰鬥形態（from）。

回過神時，少女與魔獸已臻至又高又遠的頂峰。抵達了與當事者意志一點關係都沒有的地方。

然而……這畢竟只是扭曲行為的積累，扭曲終究還是會產生反效果的。

賽蓮的心靜靜地磨損下去。

原本就是為了粉飾寂寞心情而開始做的事情——再怎麼說也僅是自我安慰行為。

不經意冷靜下來的瞬間，冷冰冰的現實就會掠過賽蓮的腦海。

『就算做這種事同伴也不會回來的』『有所聯繫只是錯覺』『這股悲傷會持續到死亡為止吧』『自己已經是孤零零的了』。

就像這樣……賽蓮的心緩慢、卻確實地壞掉了。

「想快點……見到夏樹。」

賽蓮用死氣沉沉的臉龐望向主螢幕。被五花大綁的標變型從口中吐出鮮血跟舌頭，有一半被壓扁的頭部特寫在畫面上。

『撕爛。』

外部擴音器放出賽蓮冰冷的聲音。

狄絲特布倫就像自己昔日的遭遇般，將標變型撕得四分五裂。

在潘德拉貢的艦橋上，海曼被嚇破了膽。

「居然會這樣……」

投影在主螢幕上的是狄絲特布倫大殺四方的模樣。

它用蠻力漸漸撕碎皇后種的肉體部位。手腕、前臂、後臂、肩膀、膝蓋、腳踝、腿部。

過分血腥的光景讓好幾名操作員嘔吐了。

瀕死的皇后種被抬至狄絲特布倫眼前。牠嘴巴垂流著鮮血，有如青蛙般不斷抽搐，一根機械手臂捲住牠的脖子。

「不會吧。」

海曼瞇起單眼，狄絲特布倫將皇后種的頭部與軀體上下拔開，就像使勁打開關得死緊的瓶蓋似地……然後──

黑血之雨降下，血漸漸弄髒狄絲特布倫。

又多了三個人開始嘔吐。是亢奮感尚未平息之故嗎？狄絲特布倫扔掉屍骸後將藤蔓重重摔向地面。海曼開口說道：

「這就是貴國自豪的殺手鐧嗎？茜啊。」

茜一動也不動，用憂愁目光凝視狄絲特布倫。

「【狄絲特布倫．理想階段的不良影響（roman phase halation）。】」

一切原因全在失去艾倫後性格大變的主人身上。

「狄絲特布倫持續接收特務的負面情感，擅自將自己修改（進化）成那副模樣。自律性行動擴大至『自我』的範圍，如今那架機體完全不接受特務以外的人控制……變成不破壞一切誓不罷休的破壞要塞。」

「居然有這種事。如此一來，與其說是機械，它已經──」

海曼再次望向狄絲特布倫，那副姿態完全無法窺見兵器那種冷冰冰的機能性。

在戰場上肆虐的魔獸——海曼腦海裡浮現出這種形容方式。

「不，或許是有的……如果是鄰人的話。」

茜將手放上胸口，有如要捏扁陰鬱心情般握緊拳頭。

「這個一點也不溫柔的世界……把特務變成怪物了。」

處女座之淚與狄絲特布倫勢如破竹地進擊著。

兩架順利地抵達各自的補給點。吸引ＭＩ02目標大多數敵人的南方與北方，也在大太龍與伊莉莎白女王的大顯身手下挺住了。歐洲聯合軍與聯合國軍一寸一寸地挺進他們的戰線。

就這樣，投入鄰人後已過三小時——克里斯托法・威爾直接傳來報告。

『通告全軍，再撐一下吧。余會結束這場戰爭。』

那兒是被汙染的這座樂園中最閒散的場所。

遍地都是紫色腐蝕土，遍尋不著母親跟小孩。

毒草分泌的液體弄出黑池，三十公尺的石峰有如從大池子突出般聳立著。而牠，就以石峰為臺座待在那兒。

「龍人」一動也不動地坐著——有如雕像般存在於此。

那是將龍頭與龍尾裝上人類身軀般的生物。

一眼就能看出牠全身覆蓋著白色鱗片，被粗大筋骨支撐著。是數年、數十年都不曾移動過嗎，從臺座伸出的爬牆虎纏住牠的雙腿跟尾巴。

個體數只有兩隻，僅觀測到ＭＩ01目標跟ＭＩ02目標。

牠是馬里斯的起源，也是頂點。皇后種是這隻個體產生出來的孢子發芽後誕生而成的，誕生的皇后種則是會漸漸擴散至全世界。

離開島嶼後皇后種會產子，而孩子們長大又會成為新的皇后種。連綿不絕的鬥爭循環，全是由此種衍生出來的。

絕對種【國王種】——是生下所有馬里斯的元凶。

『騎士團警戒四周，別讓余跟這傢伙的戰鬥受到干擾。』

克里斯托法如此說道後，眾騎士的戰騎裝以兩架為一組的升空。拉開距離的同時，也變成守護周遭一帶的門衛。

處女座之淚的射程範圍內已經沒有同伴了，克里斯托法洩漏出笑聲。

『真滑稽，野獸竟然模仿王之舉止嗎？』

就算被搭話，國王也沒有動，牠演繹著生長在現場的植物。處女座之淚將右腿向後一縮，連帶將右拳緊緊收至耳後。

處女座之淚全身洩出武裝能源。黃光照亮王冠，右肘吐出噴射火焰。

『看余這邊！』

飛燕剛彈飛出……右拳刺進國王種的獸鼻。

岩石臺座被不留痕跡地轟飛，國王種從噴出的煙塵內側被拋出，十六公尺的巨軀滾倒在毒沼中。

拳頭發出聲響，返回處女座之淚的右肘。

龍人橫躺在地──直至此時，眼瞳才初次停留在牠的雙目裡。

彷彿植物般沒有「動作」的身體漸漸寄宿生機。撲通一聲……四肢有如搏動般，一口氣膨脹了。

長年沒使用過的喉嚨發出「咕嚕嚕」的野獸低吼。

尾巴緩緩抬起，國王種抬起上半身。

牠將初次踏足不可侵犯領域的無禮之徒收進視野中。

『有點在意吶……頭部的位置。』

王與王隔著毒池對峙。處女座之淚悠然地踏出一步。相對的，國王種則是用雙眼由下而上地打量機器人。

處女座之淚有二十四公尺，相對的國王種則是十六公尺。兩者的距離縮小至彼此都可以用手觸及的範圍內。處女座之淚垂下臉龐，國王種的頭部則是隱藏在它的影子之下。克里斯托法的聲音含帶威壓氛圍地響起。

『還有一點高吶。』

相對的，國王種嘴裡開始分泌唾液。牠發出野獸低吼，唾液也從獠牙縫隙中噴出。

『在此下達誅罰……於神與余面前伏地謝罪吧。』

克里斯托法語帶威脅的聲音令國王種發出咆哮。

下個瞬間，兩者的拳頭與利爪交錯，人王與異形之王開戰了。

此處是1號機預定進擊路線上的第二補給點。

兩個立方體聳立著，就高度而論有十五公尺左右。它就是搬運鄰人用裝備的多用途運輸櫃，看起來也像是沒窗戶的簡樸大樓。

狄絲特布倫夾在兩個立方體中間進入休眠狀態，眼部攝影機散發綠光，顯示現在處於正常狀態下。

輸送帶有如軌道般連接著巫婆帽，車軌從搬運櫃中伸出。在狄絲特布倫腳邊附近，作業員正透過擴音器發出指示。

『確認連接！開始補給！』

飛彈透過軌道從運輸櫃那邊搬出，它們一串串地縱向排列，從兩個方向運送至巫婆帽內部。

在駕駛艙裡，賽蓮正啃著配給品。每咬一口就會噴出餡料碎屑。咀嚼數次吞下後，她用嘴含住飲料瓶的吸管。

自從投入四架鄰人後已經過了三小時，目前已得知處女座之淚與國王種進入交戰狀態。預定在補給結束後賽蓮也會立刻加入戰局。

本作戰計畫的首要目標是擊破國王種，壓制MＩ02目標說到底只是次要目的。

根據友軍損害狀況不同，撤退也被列入作戰考量之中。

要跨越具推測高達二十萬規模的幼體群與十隻皇后種的層層包圍，將鄰人送至國王種身邊。極限突破計畫的最大難關已經通過了。

戰況感覺上已經有利地倒向人類這邊……然而。

啃著配給品的賽蓮──其黯淡目光望向螢幕。

「CAUTION」的電光文字忽然顯示在上面，賽蓮微微挑眉，透過螢幕望向遠方。

在外面，狄絲特布倫的眼部攝影機突然切換成紅色。機體移動，從運輸櫃伸出的輸送帶紛紛倒塌損壞，在腳邊的眾作業員發出慘叫開始避難。

補給用輸送帶掉落至地面，狄絲特布倫自作主張地開始伸出機械手臂，其眼部攝影機朝一點集中。

閃光掠過，足以將景色啃食殆盡的光芒發出，消失，接著又再次閃爍。

處女座之淚與國王種之間——其戰力差距清晰可見。

國王種的身軀有如橡膠彈力球般在地面來回跳動。

那副身軀掘開泥土，不久後停了下來。國王種的體表炭化，變得有如枯木似的。眼球沒有光彩，貌似鱷魚的吻部吐出舌頭。

在對面，處女座之淚站在距離約十五公尺遠的地方。

它全身冒出金色霧氣，周遭的氣溫異常上升，產生景象晃動的空氣折射現象。附近的大片毒沼被蒸發，呈現乾枯狀態。

『刻劃於其身吧，此痛楚便是歐洲居民的悲嘆與悲哀，以及憤怒！』

眼部攝影機發出黃光，處女座之淚緩緩朝這邊接近。其步伐來到國王種身邊後就停了下來，人王俯視異形之王。

『余就斗膽再次表示吧。』

處女座之淚一把抓住國王種的臉龐，將牠提了上來。龍人的尾巴與四肢受重力牽引，軟弱無力地垂下。

『這便是誅罰！』

克里斯托法的聲音響起之際，國王種的身軀發生變化。

『唔！！！！』

國王種的身體突然變大，全身肌膚也一併碎裂四散，看起來簡直像是從內部打破蛋殼似的，暴露在外界空氣下的是「宛如黑真珠般的堅甲」。

透過白色手指窺見的雙瞳——沒有光彩的眼球變回赤紅野獸的眼眸。國王種的身軀變得比原來還要**大上兩圈**。

『這是什麼！』

面對出現激烈變化的國王種，克里斯托法連忙要分出勝負。

處女座之淚的關節部位噴出黃色鬥氣，噴出的鬥氣夾帶紫電，照亮它的全身。光輝變強到令人感到眩目的地步。

『化為塵埃吧！聖心之——嗚！』

克里斯托法大聲吼叫，幾乎在同一時間……巨大衝擊也襲向處女座之淚的胸口。

『咕喔喔喔！』

這次換成是處女座之淚被轟飛。它胸部凹陷，筆直地飛向後方。處女座之淚噴射背部的推進器進行減速，用手撐住地面著地。處女座之淚立刻展開反擊，以前傾姿勢收起右肘。

『接招吧！聖鎧之！』

處女座之淚的右肘噴出噴射火焰。

『咕喔喔喔！』

剎那間，處女座之淚整張臉沉入地面。在處女座之淚上方的是，國王種縱向空翻的身影。牠縮短距離，用尾巴賞了一記鞭擊。

『這傢伙！該不會識破了處女座之淚的武裝特性！』

處女座之淚猛搡破壞岩盤站起身軀。

感覺像是無敵的處女座之淚也有幾個弱點。

其中一個可以列舉出來的就是「預備動作」。

處女座之淚的所有武器都需要武裝能源，需要因應不同武裝進行能源充填或是變換處理，因此使用時必須夾著預備動作（input motion）才行。此時無論如何都會產生破綻。

『聖套之！咕啊啊！』

使出光之斗篷前它就向後仰倒了。劇震傳出，二十四公尺的巨人同時倒下。處女座之淚用右手抵住地面撐起上半身。

在正面處，黑色龍人盡顯宗師風範地站立著。

『意思是學到了嗎……在這麼短的時間內？』

旗艦潘德拉貢的艦橋上。

主螢幕映照出賽蓮的臉龐。進行通訊任務、連帶監控著處女座之淚戰鬥狀況的船組員發出驚叫。

『茜，讓位於11－5地點的所有人撤退，有東西要來了。』

茜全身起了雞皮疙瘩。茜之所以會感到恐懼，是賽蓮主動採取行動的事實造成的。自從艾倫死亡後，賽蓮就對一切事物漠不關心。

這樣的賽蓮特意說出此言……完全就是異常狀況。

「讓位於11－5地點的部隊後退！快點！」

茜有如吼叫般向通訊將校如此說道。是突然被大吼而感到不悅嗎？一名船組員回嘴反駁。

「幹麼突然這樣！請說明妳的根據！」

茜血氣上湧直衝腦門，連這段問答會損失的時間，茜都瞬間計算出來了。

茜感到焦躁，同時將視線移回賽蓮那邊。預料之中的答案從賽蓮口中說出。

『不然的話會死人的……很多人。』

現在不是你問我答的時候，如此心想後，茜望向海曼。

「閣下！請立刻從11－5地點撤出4・6・33・11各隊！現在請相信我說的話！這是分秒必爭的情況！」

茜有如連珠砲般講了一大串話，那副模樣也讓海曼皺起眉毛。

「妳很沒禮貌喔！給我搞清楚自己的分量！」

其他船組員喝斥茜，茜視而不見繼續說道：

「剛才特務特地打開線路通知這邊了！這就是問題所在！」

茜指著螢幕，狄絲特布倫的眼部攝影機發出赤紅光芒。

「那個狄絲特布倫正在警戒中！所謂的警戒，反過來說，就是指狄絲特布倫認定對方是威脅！」

「該適可而止──」

「囉嗦，給我閉嘴！」

船組員試圖打斷話題，茜大聲吼了回去。

「在這一年中！狄絲特布倫從未以馬里斯為對手示警過！不立刻調動部隊的話會！」

茜氣極敗壞說個不停時，海曼準備對其他的船組員發出指示。

然而……察覺異變的指揮站卻傳出報告，中止了這一切。

「11－1地區確認出現新反應，是……皇后種。」

主螢幕映照出現場的上空畫面。看到影像後，所有船組員都啞口無言了。

茜也感受到強烈惡寒……回頭望向後方。

「這是……」

延伸至天際的【蛇體】──牠有如從地面長出般出現在戰場上。

所謂的蛇體，是尖端部位長著大嘴巴的「巨大蚯蚓」。說成「蠕蟲」這種幻想生物的話就不難想像吧。

映照在腳邊的戰騎裝箭直像是小人似的。就算跟鄰人相比，也具有龍跟人類的身高差距吧。茜記得有過去觀測到的皇后種數據。

當然，她也曉得初次目睹的這個個體。

「A等級指定皇后種……線滅型。」

【線滅型】——與模仿型相同，是被指定為稀有種的皇后種。

牠會釋放換算成電力能源高達上**億**千瓦的電子砲，蛇體每十公尺一節，每一個體節都是電子砲的發射口。

過去出現的個體大約是三十~四十公尺級的大小，然而。

「全長……四百公尺，沒聽過有這麼大啊。」

茜牙關咔噠咔噠地打顫，海曼對指揮站下達撤退命令。

船組員們慌慌張張地開始行動，只有茜一人在恍神。

因為過分清晰的頭腦已經下達判斷……一切都太遲了。

主螢幕開始發出粉紅色光芒。

線滅型的每個體節開始發光，三十段以上的體節不斷累積光輝，其光芒愈變愈強。線滅型朝向正上方，令世界樹般的巨軀痙攣。

茜立刻用雙臂護住視線。

足以掩去天空的光芒爆炸——極粗光線朝四面八方伸出。

茜看到光之大砲從視線角落——艦橋窗口——的旁邊掠過。

周圍的大海立刻逆流掀起波濤，變成海嘯搖晃護衛艦群。連這艘潘德拉貢都激烈地搖晃著。

茜也跌倒，額頭重重撞上扶手。陸續有將校同樣一頭撞上自己的操控面板。雖說只是餘波，卻是足以匹敵震度6的搖晃。

搖晃漸漸平息，茜一邊壓住撞到的額頭一邊起身。

看到螢幕後，痛楚頓時被吹得一乾二淨。掠過腦海的是龐大的負面印象。

損害規模與支持此一事實的許多理論根據浮上腦海。

「……根本就是翻桌嘛。」

光線橫切過北部地區，其中聯合國軍・北區大本營也包含在內。

那是聯合國軍登陸後建立大本營的場所……也是配置著伊莉莎白女王的**最重要據點**之一。

這場大破壞不只是友軍，也捲入了相當多數的馬里斯。

茜立刻用自己的操控面板分析狀況。

「戰車連隊・三支，戰裝騎連隊・一支，師團司令部與各兵科聯合部隊也……而且有八艘艦艇蒸發了。死亡人數推定為……二萬七千人！」

茜感到一陣噁心壓住嘴巴，用失焦的視線看著螢幕。

線滅型再次將光芒累積在蛇身體節上。

在另一個螢幕上，伊莉莎白女王失去四肢，裝甲融解埋進土裡。

「伊莉莎白女王嚴重破損，鄰近者生死不明！」

指揮站的將校如此報告。

不只是尺寸，電子砲發射口——刻劃在蛇身上的體節——數量，以及其威力都與過去觀測到的個體等級截然不同。茜想要哭泣。

「沒聽說有這種東西啊……」

皇后種通常會優先餵食幼體群，因此基本上不會對小孩的進食場所發動無差別物質消去（IME）之類的攻擊。然而……其中也有少數皇后種不受這種原則束縛，線滅型也是其中一隻個體。這隻皇后種的危險等級被分類為A的理由就在於此。線滅型會將排除自身威脅視為第一優先。

就算在行動過程中「殺掉小孩也在所不惜」。

參與本次極限突破計畫的戰力，大致分為歐洲聯合軍與聯合國軍這兩個集團。北方大本營有聯合國的中樞戰力……其中也包含聯合國那方的作戰司令部。換言之，有半數戰力喪失了指揮機能。

戰場變成一場大型混亂嘉年華。

歐洲聯合那邊的作戰司令部傳來提議，表示作戰很難繼續下去。

殘存下來的歐洲聯合軍與聯合國軍，其撤退與支援要求如同傾盆大雨般不斷傳向這邊，甚至足以癱瘓潘德拉貢。然而壞消息卻並未停歇。

「安全保障理事會來電！觀測中的皇后種陸續提升行進速度，朝最近的保管領土前進中！也有個體停止同類相食了！目前有八個保管領土正在遭受襲擊。」

一名船組員望向海曼——

發生的情況跟海格力斯計畫那時引發的現象相同。

一旦國王種開始戰鬥，由牠衍生的皇后種就會有如同步般亢奮起來，接著為了尋求糧食而開始大失控（rampage）。

散布世界各處的皇后種會一起入侵位於附近的都市地帶，因此海格力斯計畫才會出現上億規模的犧牲者，變成一樁大慘劇。

各國預料這次馬里斯也會出現同樣的行動模式，因此布下了最大級的警戒態勢。然而在沒有鄰人的情況下，是無法完全阻止馬里斯侵略的。

指揮站的其中一人大聲報告。

「線滅型！第二次射擊要來了！」

在戰域地圖上——脣形紅色記號延伸出一條線，那幅光景就像在地圖上用奇異筆大筆一揮畫線似的。之後不論紅藍，畫面上顯示出一大串「×記號」。

×記號立刻消失，從地圖上不見了。消失的是一個戰車大分隊的藍色記號，助長了艦橋的混亂狀況。

保持沉默的海曼從座位上站起，有如瞪視般俯視心神大受震撼的眾將兵，沒多久眾船組員就停止發出聲音。

海曼說道：

「只要殿下、處女座之淚擊敗國王種，狀況就會改變。在那之前不准撤退。將聯合國軍殘存部隊的指揮系統連接至我方這邊，將他們重新編制為隸屬部隊。已經走到了將死敵人的階段……別像隻小鳥似地亂吵亂叫。」

海曼重重撂下話語，好幾名將校們漸漸恢復冷靜，其中甚至有人開始發布這則命令。然而……就在混亂即將沉寂下來之際。

指揮站的一人臉色發青地報告。

「將軍……於此時此刻，作戰計畫失敗了。」

海曼瞇起單眼，主螢幕的影像切換成另一個畫面。

海曼臉上的鐵面具也剝落了。

畫面切換，映照在主螢幕上的是……半毀的處女座之淚。

失去雙臂，連臉龐都碎了一半。胸部有巨大凹陷，身軀割開巨岩，背部沉埋其中。

「克里斯托法殿下傳來電訊……盡量讓士兵逃離這個戰場，多一個都好。」

戰場傳來的傳呼聲空虛地鳴響著，船組員們連恐慌地四處亂跑的氣力都被剝奪了。消沉的臉龐上只寫著絕望二字。

在這種情況之中，茜的操控面板響起通知聲。茜有如被呼喚般垂下視線。在戰域地圖上，「王冠」的紅色記號與「巫婆帽」的藍色記號正以猛烈速度接近中。茜立刻望向主螢幕。

主螢幕切換畫面——映照在上面的是噴射推進器飛翔著的帽子。是狄絲特布倫。狄絲特布倫筆直地朝國王種那邊前進。

強烈的寂寥感湧向茜，她隱約覺得……賽蓮就要消失了。

「……為什麼？我明明說過要好好逃走的不是嗎？為什麼還要過去啊？」

站在處女座之淚前方的國王種回過頭，在那顆龍頭上……。

飛翔著的狄絲特布倫用全身的重量撞了上去。

好幾隻機械手臂纏住國王種的四肢，國王種也用手抵住巫婆帽、有如要把狄絲特布倫推回去似的。發出紅色光芒的眼部攝影機與滿是血絲的雙眼彼此交錯。

『你可以給我……**結尾**嗎？』——傳到耳邊的是魔女冷冰冰的質問。

雙雄互不退讓……茜強忍淚水，發出聲音懇求。

「特務！請妳快逃！特務！」

挑戰異形之王的是，太平洋最強的魔女。

黑死魔女【魔女之零(witch・zero)】的雙肩扛起了人類的命運。

幕間

【玩偶・華爾茲・鎮魂曲II第十九話〔另一個援軍〕

二〇七〇年五月二十四日播映】

——動畫畫面播放——

艾菲娜（女孩身軀）背著艾倫，她是身穿赤紅色哥德蘿莉洋裝的幼女型人造人。背在背上的艾倫渾身纏滿繃帶。

「艾菲娜，這副模樣果然還是——」

『否決。現在讓閣下走路，本機體的存在意義就有疑問了。』

艾菲娜同小不點菲娜不等艾倫說完就表示否定，咔咔咔地走在昏暗的通道上。

鶴來博士坐在小不點菲娜的貴婦帽上，她是一名身穿和服、又在上面套了件白長袍的雙馬尾少女。由於她是二十公分大的全息投影之故，因此並沒有重量。這是鶴來生前留下的模擬人格數據，鶴來也就是迷你鶴來開口說道：

『雖然無關緊要，不過有一陣子不見，你們兩人的關係變得挺好的呢。』

那張臉龐看起來有些不滿。

三人正位於艾菲娜專用的祕密工廠之一。他們走下樓梯、來到地下格納庫空間。入口旁的認證機器上顯示著二頭身化的艾菲娜，艾菲娜的眼睛伸出青藍光線，接觸驗證器後，螢幕上顯示「歡迎回來」的指令訊息，二頭身畫像變成鞠躬行禮的姿勢。

生鏽的金屬聲響起……終極玩偶大小的閘門從左右兩邊開啟。

「這是？」

艾倫吃驚地看著那個，看起來像是巨大禮服的黑色剪影插進視野。

『多目的武裝變更機構（dress attachment）……艾菲娜可以藉由更換武裝（dress）單機應對各種戰況，她就是這樣設計出來的唷。製造時可是以某個笨蛋單槍匹馬衝入敵陣蠻幹的想法為概念喔。』

迷你鶴來有如瞪視般望向後方，艾倫輕聲說了句「對不起」道歉。

『由【儀禮（formal）】轉為【高機動（combat）】。讓女兒搬進格納庫的有【防衛專用（aegis）】、【情報戰（cyber）】、【一對一（dual）】，以及【交涉戰（negotiate）】。艾菲娜一共被給予了五套禮服喔。』

艾倫點點頭，迷你鶴來的雙馬尾跳動，髮飾也發出亮光。

『然後這個是在武裝變更機構上畫龍點睛的最後一套禮服——終極禮服。』

禮服被照亮，終極玩偶規格的「白與紅色婚紗」出現了。艾倫瞠目結舌，小不點菲娜也靜靜地凝視那套禮服。

『這是以格林甘特戰為前提製造出來的 E-WD106F【最終決戰禮服（wedding）】喔。』

III 悲嘆的魔女

*****

這裡是一大片空間寬敞的醫療區，二樓部分貼著玻璃。

在一樓的是身穿開刀服的手術室護理師（ope-nurse）們，賽蓮則是被安排坐在位於中央的座位上。她手中抱著白色海豹玩偶，視線游移不定，透過病患服可以窺見骨瘦如柴的蒼白手臂。

自從冰室雷鳥失勢後，包含狄絲特布倫運用權在內的諸般所有權便移交至防衛省手中。

身為鄰近者的賽蓮，將會被盡快施行感情去除手術。

賽蓮有如玩偶般一動也不動，在二樓眺望她這副模樣的人是新上任的防衛副大臣安田林太郎與其祕書。安田是過來參觀感情去除手術的。

「對有如空殼般的一個小姑娘這樣做……還真是誇張吶。」

「大部分鄰人持有國都會對國內的鄰近者施加這種手術，為了抹消濱田內閣對赫奇薩人權排斥活動很消極的印象……」

祕書如此說道後，安田冷哼一聲。

「我明白，因政治立場而少掉上百億稅金的話，國民也會消受不了吶。」

在兩人眺望下，進行著賽蓮的感情去除手術。

護理師將手術器具排列在金屬托盤上，賽蓮周圍擺放著心電圖之類的器材，以及手術用道具。另一名護理師從賽蓮手中拿走布偶，賽蓮沒做出任何反抗。然而……心跳數微微上升了。護理師捲起賽蓮的袖子露出手臂，然後用紗布摩擦靜脈附近。接著，主刀醫生開門走入室內。

「接下來要進行鄰近者檢體ＮＯ１－01的感情去除手術。」

護理師點點頭，注射器的針頭靠近賽蓮的的手臂，賽蓮的視線注向針尖。

賽蓮的心跳數又加快了，針尖接近至手腕附近，主刀醫生也同時來到她身旁。就在賽蓮的瞳孔裡映照著注射器針頭……漸漸變大的那個時候。

金屬聲刺耳地響起。

護理師迅速抽回注射器，主刀醫生倒在賽蓮前方。他旁邊的金屬托盤也跟著滑落，手術器具掉得滿地都是。經過一秒鐘，經過二秒鐘。

主刀醫生一動也不動，相對的，他的頭部附近擴散出一攤血池。

「醫生!?呀啊啊啊啊！」

試圖拉起主刀醫生的護理師發出慘叫，手術刀刀尖有一半插進了醫生眉間。就在此時，賽蓮感到後頸似乎竄過一股微量電流。

（討厭……這裡。）

不幸並未就此打住，漸漸圍在死去那名醫生四周的醫療相關人員……。在那之後，他們正上方響起倒塌聲。

鋼骨從正上方朝這邊掉落——鮮血噴濺至賽蓮的臉龐。

眼前有四人被鋼骨壓在下面，有一人飛身躍向後方，弄掉診療臺上的藥品。藥品倒在他的褲子上面，不幸也悄悄靠近了他。

斷掉的電線切口在他腳邊冒出火花，是被剛才墜落的鋼骨切斷的。

火花引燃了沾滿藥品的褲子，男人變成火人在地上來回滾動。

這次換成窗戶玻璃破裂，兩名男子從天而降。是過來參觀的高官們。他們兩人壓住自己的心臟，口吐白沫一命歸西。

不幸接二連三此起彼落……不久後，放在診療臺上的布偶被撿了起來。

「小白，回去了。」

賽蓮光著腳丫，獨自邁開腳步。現場的生存者僅剩下她一人。

在那之後，對賽蓮又嘗試了兩次感情去除手術……然而全部都以失敗告終。因為跟第一次一樣，相關人士陸續因不明原因而死。

不只是跟手術有關係的人，直接與此事有關的當事者也不斷有人喪命。

危害賽蓮的人，試圖危害賽蓮的人——幾乎每天都有人死去。

死亡人數合計為六十五人。

防衛省不知該拿賽蓮如何是好，因此將她的人身交還給第二富士。然後，謎樣的死亡事故就戛然而止了。就結果而論，賽蓮的情感去除手術被暫緩執行了。

政府斷定和賽蓮直接扯上關係很危險，因此決定繼續透過冰室義塾運用狄絲特布倫。

【生奪(death)】——乃賽蓮因艾倫之死而反轉的異能。

它擴大了賽蓮自己的生存領域。

換言之，這股力量會直接排除有可能成為死因的潛在因素。

就生物學層面而論，在人類之上的存在——赫奇薩——身上，並未出現過這種力量。

這是「有危險就殺掉」、散布死亡的異能。

不只是魔獸——就連命運都臣服在【狄絲特布倫】與【生奪(death)】之下，賽蓮因此變得完美無缺，不停累積驚人戰果，最終甚至足以填補十名數字的缺漏。

人們變得會用黑死魔女【魔女之零（witch・zero）】來稱呼賽蓮。

＊＊＊＊＊

ＭＩ02目標的一角化為鄰人與國王種的激烈戰場。沒有任何一隻馬里斯介入戰局，因為這片樂土上沒有不識趣的存在會試圖搶奪王的獵物。

一隻與一架，展開超越人智的攻防戰。

狄絲特布倫伸展十八隻機械手臂，高速展開的觸手前端伸出斬擊細枝，鋼鐵藤蔓數量破千，一起襲向國王種。

國王種踹向地面，沒命中目標而揮空的藤蔓撕裂地表，一根根都寄宿著狄絲特布倫的意志，藤蔓直角轉彎朝正上方移動。

上千條藤蔓變成魚網，試圖捕捉逃向空中的國王種。

相對的，國王種的背部高高隆起，長出一對龍翅。國王種橫向飛行，閃過藤蔓之網。國王種一邊描繪直角軌道，一邊撲向站在地面的狄絲特布倫。

『抓到了。』

賽蓮毫無情感的聲音響起。

藤蔓之壁隆起，就像要把狄絲特布倫跟國王種隔開似的。混雜在藤蔓之壁裡的是十四朵鋼鐵蓓蕾。花蕾一起綻放，切換成十四座砲門。

小口徑ＩＭＥ加農砲——鋼鐵群花發射黑色破壞光。

國王種全身被十四道光束貫穿，翅膀變得破爛不堪，粗壯四肢和臉噴出血液。

然而——

「咕喔喔！」

國王種就這樣突進……一腳踹散藤蔓之壁逼近狄絲特布倫。

這次換成是狄絲特布倫被橫向轟飛。這是使用蠻力的猛擊，巫婆帽凹陷，裝甲像是蜘蛛網般爬滿裂痕。

『好強！』

國王種接觸地面的同時，有如犬隻般狠踹地面。噴煙爆開，地面也同時炸裂。

國王種一個跳躍撲向被轟飛的狄絲特布倫。另一方面，被水平轟飛的狄絲特布倫有彈性地彎起機械手臂，賽蓮下令。

『拉開，距離！』

三隻機械手臂伸長，捲住在眼前張開大嘴的國王種的尾巴。

狄絲特布倫用不穩定的姿勢，就這樣狠狠將國王種摔向地面，後腦勺部位也立刻發射出一波又一波的飛彈──四枚飛彈命中呈現仰躺姿勢的國王種。

蕈狀雲般的大爆炎竄升，國王種的身影在火焰中消失。

『咕！咯！』

另一方面，慘遭轟飛的狄絲特布倫也一頭撞上地面，打了一個滾後背部重重撞上岩盤。狄絲特布倫收起機械手臂，緩緩浮升。

『……好耐打。』

國王種的腿部撕裂，熊熊大火出現了。國王種渾身是血，臉部與四肢還有翅膀上的孔狀傷口都汩汩流出黑血，然而看起來卻沒有絲毫疲態。

國王種有如發威般發出咆哮。國王種全身肌肉高高隆起，接著流著的鮮血全部都止住了。牠讓肌肉膨脹，藉此堵住孔狀傷口。

相對的，狄絲特布倫則是扯掉巫婆帽上那些翻起來的裝甲板，狠狠扔向對手。

『這傢伙，很強。』

連一分鐘都不到的時間裡──在這段期間上演了一場呼吸之間就會有多達十個動作的大攻防戰。兩者傷勢都不淺，國王種全身都是洞，身受重傷，狄絲特布倫的頭部也出現凹陷，身軀數處噴出火花。

狄絲特布倫與國王種勢均力敵。

「不過——」

即使如此……駕駛艙裡的賽蓮仍沒有湧現敗北的念頭。

在畫面上國王種再次試圖跳躍，黑色光線瞬間貫穿國王種的腿部，黑血猛然噴出飛舞至空中。這是小口徑IME加農砲的速射（quick draw）。

「小黑已經學會了。」

國王種用失去平衡的姿勢躍起，試圖縮短牠與狄絲特布倫之間的距離……然而這次則是有岩石從上空扔向這邊。

岩石猛然破裂四散，跳躍中的國王種感到膽怯。此時此刻在國王種正下方已開滿「鋼鐵群花」，八道破壞光束從花瓣槍口朝正上方發射。

小口徑IME加農砲再次貫穿國王種的身軀。

「你，動作單調。」

不能讓這種正統派的近距離戰類型接近身邊，有過許多戰鬥經驗後，賽蓮與狄絲特布倫熟知了這件事。

要徹底以守為攻，專心一致地崩壞敵人發招瞬間的動作。狄絲特布倫的動作如同文字所述就是機械動作，是正確無比的最優解全自動（full automatic）機動。

不論國王種試圖動得多快，如果是狄絲特布倫的話，都在它可以充分應付的範圍內。

賽蓮在心中一角感到失望。

『連你也不行嗎？』

賽蓮的聲音流瀉至外界，那道聲音聽起來有些遺憾。

『不該……變強的。』

狄絲特布倫背後的四門大砲動了起來。

砲塔飄浮至前面，整齊地橫向排列。砲身傳動軸一起延伸，女巫魔杖更換模組。而且狄絲特布倫背部還展開了二十二隻機械手臂……鋼鐵花瓣綻放，二十二門砲指向國王種。

這是四門大口徑ＩＭＥ加農砲加二十二門小口徑ＩＭＥ加農砲的砲火齊射姿勢。

國王種做出反應，粗大血管在雙腿迅速爬行，在這短暫片刻裡──

「嗚！」

國王種露出動搖態度，牠的腳邊長出鋼鐵藤蔓。鋼鐵藤蔓一圈又一圈地捆住國王種的雙腿，賽蓮冰冷的聲音響起。

『結束了。』

狄絲特布倫的ＩＭＥ加農砲已經累積完黑光了。

「用核爆……廢棄ＭＩ02目標？」

茜難以置信地低喃。潘德拉貢的艦橋與安全保障理事會正在進行即時會議。浮在空中的五片光學畫面上——映照著常任理事國的總統們。

『作戰以失敗告終時，就讓搭載在鄰人上的羅布林卡引擎失控。如果是羅布林卡的總能量，就算低估也能引發二百萬噸級的爆炸。將攻略目標K－02【國王種】連同MI02目標一同消滅……吾等聯合國軍是在這個條件下才同意發動極限突破計畫的，你說是吧，海曼提督。』

說話的人是美國總統喬治·康達，海曼無言地點頭回應。

話說回來，過去曾針對MI目標進行過數百次核彈攻擊，卻因為皇后種的對空手段無差別物質消去（IME）而盡數失敗。

算上從海底或是從大氣層外發動攻擊的行動也是如此。

另外在極限突破計畫中，在初期階段時也嘗試用搭載核彈的無人機從陸路進行戰略轟炸。

然而皇后種卻只讓核彈消失。

到頭來，人類只好不得已地挑起總體戰。喬治接著說道：

『15號機、伊莉莎白女王嚴重受損，投入三十萬人規模的大軍也失去四分之一。要重整北部戰線可說是不可能的任務，曾是攻略國王種的最有力候補處女座之淚也敗北了……與馬里斯的戰鬥今後仍會持續下去。情勢已經轉變，理事會（吾等）判斷應該用最不會出差錯的手段執行任務。』

『而且只要有那隻線滅型在，就不可能扭轉戰況。』

俄羅斯總統阿西莫夫・柴可夫接著說道。

『將剩餘的赫奇薩部隊派去國王種那邊，盡可能將島上的馬里斯聚集在中央。在這段期間內，對全軍下達撤退指令。要優先撤離被捲入這場人禍的聯合國軍將兵，把這件事想成是諸位軍官的義務吧，大將。』

中國大總督府的王黃龍激動地大喊：

『所以我才反對！半強迫地要求我國派出吾等的守護龍——大太龍參與這場戰爭！而且還是一萬，一萬喔！我軍竟然損失多達一萬人！歐洲聯合打算如何負起這個責任！』

『說起來你那邊連一次都沒回應過聯合國的呼籲吧！』

嚴厲地損上王的是，在場唯一的非常任理事國代表。

是一名禿頭又在鼻子下方留了撮小鬍子、長相粗獷的日本人男性。

『別老是自己在那邊露出一副受害者的臉孔！吾等自衛隊也受到了莫大的損失！也別忘記現在撐住戰線的是我國的鄰人狄絲特布倫！』

深川正臣——是接替濱田優擔任總理大臣職務的現任總理大臣。

他也是以強（鷹）硬派角色聞名的前任防衛副大臣——竹中傑硬是塞進濱田內閣的人

物。

同席的英國首相大衛・布朗一臉沉痛地抱住頭。

『海曼大將，我想請教你對現場的判斷。鄰人的自爆行動是有可能的嗎？』

也可以說是使眼色的四目交接過後……海曼做出回應。

『目前跟17號機的鄰近者……殿下處與失去聯絡的狀況。』

茜猛然望向海曼，一股壯絕惡寒在身軀來回流竄。

（喂……）

『雖然可以確認到生命徵象，不過在沒有回應的情況下會很難實行吧。剛才這邊也做過嘗試，不過是因為ＭＩ02目標的磁場影響嗎……處女座之淚處於無法遠距操控的狀態。』

（給我等一下啊……）

茜的心跳激烈到像是要跳出胸口似的，這位小小賢者已經察覺到了。

『伊莉莎白女王嚴重損壞……要搬到國王種那邊也有難度。』

大衛首相有如傳接球般回擊，深川總理用桀驁不馴的態度接下那顆球。

『用不著你們說，也明白我國的狄絲特布倫適合這個任務吧。在戰時之下，我國想極力避免損失鄰人。另外就算是赫奇薩，也不能叫皇家太子去死吧。在這種情況下，我國會要求包含賠償在內的相應回報就是了。』

深川總理的視線望向王總督。

『如果在現場做出緊急決議，承認吾等日本國為常任理事國的話……這一連串事件就由吾國來閉幕也行，在中國辭掉席位的前提上。』

『什麼！為何會變成這樣！』

『一直把不講道理的肉壁硬塞給我國，沒有什麼為何吧？我國產生的鄰人損失……如果是那架碎山的3號機應該平衡得過來吧。』

深川總理流暢地提出要求，簡直就像打從最初就已經決定好似的。

（這些，混帳，大人！）

茜憤慨地緊咬唇瓣，湧上一股想將光學畫面上所有政客都五馬分屍的衝動。深川總理打算犧牲（利用）豁出生命戰鬥的狄絲特布倫跟賽蓮，藉此換取【大太龍】跟常任理事國的職位。

（以為我們是用怎樣的心情……！）

這群傢伙根本沒把人在戰場上的生死當成一回事，就連在這個作戰計畫中凋零的生命都變成籌碼……把作戰計畫本身變成了一場爭權奪利的遊戲。

另一方面，在狄絲特布倫的駕駛艙裡，賽蓮面臨到無法理解的狀況。

正是在她捆住國王種，打算發射ＩＭＥ加農砲的那一瞬間。

強烈的不自然感襲向賽蓮的腦部，感覺就像是暈車似的。視野有如融化般變得歪歪斜斜，在這段期間內ＩＭＥ加農砲的發射光芒覆蓋了全方位螢幕。

「為什麼……」

賽蓮難掩驚訝，就算視野尚未恢復她也明白結果。黑光停止，螢幕再次映照出外界情報。位於正面的國王種，**毫髮無傷**……。

發射出去的黑色破壞光全部偏離了國王種的身軀。

賽蓮發出疑問聲。

「小黑？」

狄絲特布倫正確無比的砲擊……發射到了完全相反的方位。

茜用激憤眼神抬頭瞪視安全保障理事會的成員。

「該適可而止了！」

就算要進行撤退戰，也得立刻展開行動才行。

已經有部隊開始棄守戰線了。現在必須確立指揮體系，將作戰行動鮮明化，並且盡快恢復現場的「秩序」才行。上位者（這些傢伙）花費十秒鐘玩文字遊戲，眼前這座島上就會有十個人死去。

「究竟把赫奇薩……將人命當成什麼了！」

茜的憤怒是理所當然的反應，因為這些人撂下話語，要殘存的冰室義塾學生‧全員都去死。而且……這些人甚至表示要將賽蓮當成棄子使用，她可是一肩扛起了投入這項作戰計畫的所有將兵啊。

『只要ＭＩ02目標消失，與馬里斯的鬥爭中人類就會向前跨出一大步。我要事先聲明，日本可是很期待同盟國的諸位對此戰果大大地給予回報喔。』

在深川總理浮現笑意、其餘總統們眉頭緊鎖之際。

「臭傢伙們！給我！適可而止啊——！」

如此大吼的人是茜。她像隻憤怒貓兒般粗著鼻息，布滿血絲的雙目中有著眼淚。

茜抬頭狠瞪深川總理，畫面裡的深川總理也不悅地俯視茜。

『冰室義塾……』

茜憤慨地操控自己的控制面板，國王種與狄絲特布倫的戰鬥映照在巨大畫面上，茜將手比向畫面。

「看到這個還不明白嗎!?如今特務她！正獨自一人！為這場看不到勝算的戰鬥買單喔！」

大衛首相瞪視其中一名船組員，在茜身旁的一名通訊兵連忙架住她。然而茜並未停止說話。

「而且還把機兵部當成誘餌！這跟你們在北美那時做的勾當一樣不是嗎！你們就是這樣殺掉亞賀沼學長他們的不是嗎！」

通訊兵把茜壓在地板上，即使如此茜舊繼續大吼。

「我已經忍耐到極限了！你們究竟把赫奇薩當成什麼啊!?你們所有人都去死！混帳王八蛋！」

「還不適可而止！」

茜的臉龐被狠狠撞向地板，嘴唇破裂，鮮血跟口水一同流下。

「不懂戰爭榮譽的小鬼。」

深川總理露出看髒東西的眼神。

『內閣府對義塾下令，由妳親口命令1號機的鄰近者自爆……那個人偶應該會聽妳的話吧？』

茜肩膀一震，在臉頰被壓在地板上的情況下哭了起來。

「冰室女士也是……紫貴學姊跟葵學姊也一樣，大家明明都消失了說……」

茜哭泣著，就像符合其年齡表現的孩子似的。

「別連特務都要從我身邊奪走啊。」

海曼只是冷眼旁觀這副模樣——

在安全保障理事會的決議下，冰室義塾的赫奇薩將要做為誘餌被送上前線。

在這段期間內會開始撤出殘存兵力。

最後決定回收完鄰人各機後，命令狄絲特布倫進行自爆處理。

歐洲聯合軍・南區暫時要塞陣地。

機兵部的高橋啟二被叫去作戰司令部的帳篷那邊。

被汙染的土地上放著摺疊椅與桌子，在這裡的人們有如在軍用通訊機前方吵架般汙言穢語地大吼著。

帳篷裡主要有二種人——一種是身穿汙染防護裝、頭戴防毒面具的參謀官集團，以及包含啟二在內在現場作戰的駕駛員眾將兵。

啟二在英國陸軍部隊長的傳喚下來到此處。部隊長渾身臭汗，迷彩色的部隊服也是泥濘不堪，端正臉龐上長著鬍碴，灰色眼瞳忙碌地在攤開的地圖上來回掃視。這種很外國人的風範讓啟二在腦海角落浮現「真帥氣吶」的感想。部隊長一邊點燃香菸，一邊指向地圖。

「你們走這條路線，從A1這裡進入，經由F前進至G。」

啟二眼前變得一片空白。部隊長連一眼都沒望向啟二，用食指在地圖上滑動。

「開始佯攻的四十分鐘內，3號機的火力壓制住戰局，如今要臨時組成敢死隊，你那邊回去後就立刻把隊伍分成四個班。」

部隊長講出一大串話迅速地推進話題，啟二連忙揮手表示「等一下等一下」。

「請等一下！我們是聯合國軍！進一步的說，是隸屬自衛隊的部隊！沒有許可就參與歐洲聯合的作戰行動實在是──！」

「統率你們的日本軍總部隊已經被皇后種蒸發了。」

啟二吃驚地闔不攏嘴，對方在他沒能理解現狀的情況下繼續說明。

「作戰計畫失敗了，在北部展開的聯合國軍已經被逼到即將潰不成軍的局面。在戰力平均化下，從我們這邊派出去的挪威部隊也得留下才行吶。」

「失敗!?那麼我們輸了嗎！」

「嗯嗯，所以現在發布了從MⅠ02目標撤退的命令。位於前線的歐洲聯合軍會讓殘存部隊重複廢棄合併，一邊返回這裡。這裡會變成猴子屋也是因為這樣。」

部隊長一邊叼著香菸，一邊用紅筆在地圖上畫線。

「目前於東部方面那邊也協議了類似的作戰行動，派出存活的Z－01部隊隊員。光是延遲投入你們，前線的將兵就會因此不斷死去，這可是在跟時間賽跑吶。」

延伸至極限的香菸灰落至桌面，他卻毫不在意地繼續說道：

「有想要的武器就在二十分鐘內提出申請，我們會準備好的。肚子餓的話，裡面有從美軍倉庫裡幹來的真空包裝起士漢堡，愛吃多少就拿多少吧。說真的我是想讓你們吃片牛排的，只不過——」

「這個意思是叫我們去死吧!?」

啟二大聲地打斷話語。部隊長閉上嘴巴，將香菸按熄在桌面上。

「嗯嗯，就是這樣。」

「什麼就是這樣！等一下啊！都說請等一下了！這種事……欸？自衛隊！請讓我跟分配給零號(zero)的人通話！」

「啟二。」

「我只是區區一個小班長。啊，我現在去帶美佳過來，畢竟那傢伙是臨時副部長嘛。應該說我其實是笨蛋，所以無法好好說明你剛才說那番話。」

「啟二！」

「我不想死啊！」

部隊長大吼，啟二也哭著怒罵回去。部隊長揪住啟二的領口，在試圖反抗的啟二臉頰狠狠賞了一巴掌，接著將他帶到帳篷外面。

啟二被帶到金屬製的膠囊艙前方，它的大小差不多可以容納一個人。在旁邊的是用來發射的彈射器。這個被稱之為【屍袋(blue bag)】。

部隊長放開手，惡狠狠地猛擊膠囊艙。有如毆打油桶般的殘響在四周迴蕩。

「要被裝進這個裡面射出去，還是搭著戰騎裝跑來跑去！哪邊比較好我讓你自己選！要選哪邊！由你決定！啟二！」

啟二泣不成聲抱住他的右腿，部隊長數次好說歹說試圖說服這樣的啟二，然而啟二壓根兒就聽不進去，所以部隊長用靴子一腳將他踹飛。

將冰室義塾・機兵部二十三名成員當成誘餌的撤退作戰行動就這樣發布了。

同一時刻，國王種跟狄絲特布倫在紫色大地上的單挑仍在持續中。

狄絲特布倫被轟飛至後方，狄絲特布倫有如要忍受衝擊般噴射帽子的推進器。抵消衝擊後，狄絲特布倫站穩腳步。

『小，黑。』

賽蓮發出痛苦的聲音，狄絲特布倫的損傷很明顯。

各處裝甲都出現裂痕，三十二隻機械手臂中已經失去了十二隻。機油從裝甲的裂縫處滴落，其模樣宛如受傷的魔獸。

駕駛艙內的賽蓮用肌膚認知到異變。映照在螢幕上的國王種緩緩走向這邊，賽蓮再次將武裝概念傳送至狄絲特布倫那邊。

在那瞬間，賽蓮再次掠過一股暈船般的感覺。狄絲特布倫用三隻機械手臂發射

ＩＭＥ加農砲，然而破壞光束全部都射錯方向了。

（果然。）

賽蓮有所領悟。雖不明就裡，但狄絲特布倫的瞄準出現偏差了。

賽蓮把手放上水晶組件。

『其他的！』

狄絲特布倫的巫婆帽——後腦勺的艙門——開啟，無數飛彈一邊延伸白煙一邊被射出。彈頭灼燒國王種的身軀，但牠並未停止腳步。

鋼鐵藤蔓再次伸出，機械手臂末端分枝出切割藤鞭。無數藤蔓化為斬擊之鞭迎面揮落。

機械手臂在國王種的身軀上不斷來來去去，狄絲特布倫收回機械手臂，分枝的切割藤鞭刀刃變得破爛不堪。

國王種穩如泰山地站在狄絲特布倫面前。

龍人變化了牠的形態。

表皮釋放出鈍重光澤，只有二十公尺左右的全長變大至二十五公尺，粗壯四肢也一併變得比以前還要壯碩。

視線的位置已經幾乎是一樣的了，這回換成龍人彎曲尾巴。

數十隻機械手臂展開，將狄絲特布倫的巫婆帽隱藏在裡面，然而此舉卻無意

義。尾部的鞭擊將藤蔓之壁(guard)連同狄絲特布倫一起擊飛。

狄絲特布倫重重撞上地面，紫色地表掀開，泥土如同霰彈般四處飛濺。一百零一噸的機體在地面彈跳，即使透過地面緩衝材料保護，衝擊也沒有減緩。

狄絲特布倫被轟飛至二公里外，最後從背部猛然撞上毒液瀑布。

瀑布的水弄溼巫婆帽……眼部攝影機有如快斷電的燈泡般虛弱地閃爍著。狄絲特布倫受到的損傷原封不動地反饋至賽蓮那邊。

「咕嗚嗚嗚！」

駕駛艙內的賽蓮猛然向後弓起身軀，銳利痛楚從背部流竄至後腦勺。賽蓮有那麼一瞬間差點失去意識，她痛苦地試圖撐起身軀。

「……」

然而，她卻有如放棄般將身軀收進座位。這個贏不了吶——她如此心想。

賽蓮放鬆全身…………拉起位於座位旁的緊急拉桿。

「終於能結束了。」

全方位螢幕大大地顯示出【System-DB】字樣。

賽蓮心中只有安心感，以及——

「這樣就……能跟夏樹見面了。」——賽蓮決定此處就是人生的**終點**。

她一直在找尋葬身之地，因為她認為只要死掉就能見到艾倫（那個人）。

賽蓮之所以接受這次的作戰計畫，也是因為她心中藏有這種欲望使然的。

「一個人，好寂寞。」

為了追尋與同伴之間的聯繫，賽蓮想要變強，然而此舉並未拯救到心靈。在【生奪（death）】的顯現下賽蓮成為不死之身，因此在不知不覺中她變得在找尋「肯殺死自己」的對手。

然而……因為得到了力量，這次她得面臨「死不了的兩難局面」。

就算賽蓮在心中一角渴望終結，迪絲特布倫卻不肯讓她如願。

「因為小黑，太強了。」

這隻魔獸會戰勝對手。不論敵人有多少、有多強大，它都會掃平一切將對方撕裂，絕不肯讓賽蓮安息。

「不過啊……我已經，累了呢。」

曾經也有一陣子她試圖結束自己的生命。不過，她覺得如果自殺的話就見不到他了。

壞孩子不能上天堂——這種幼稚觀念變成強大的枷鎖束縛住賽蓮。

因此賽蓮一直在找尋，尋找可以放棄人生的時機。

「這下子我就能安心上路去見夏樹了。」

賽蓮用臉頰摩擦座椅的墊子。

「小黑也陪在身邊，所以我不怕唷。」

狄絲特布倫的眼部攝影機發出強光，機內的輸出功率不斷上升。

【DB系統】——是狄絲特布倫的自動戰鬥程式，直到將會動的東西全部破壞殆盡前都不會停下來，是為了強制讓狄絲特布倫進入失控狀態的事物。

是在明白自己會被殺掉的前提下採取的自殺式攻擊。華麗地凋零，從神明手中得到前往天堂的通行證（pass）。狄絲特布倫的眼睛即將變成紫色，就在此時……茜傳來通訊。

『妳這個笨蛋特務!!』

在艦橋上，深川總理面紅耳赤地大發雷霆。

『妳這臭丫頭！快點發布命令！還不發布嗎！……大將，你也做些什麼啊！』

通訊兵從後方用手抓住茜。讓茜解開束縛的人不是別人，正是海曼提督。取回自由後，茜用影像通訊對賽蓮提出呼籲。

「請回想起來！特務最喜歡的冰室先生！做這種事妳覺得他真的會開心嗎!?如果那個犧牲自我的熱血笨蛋在這裡，一定會被他痛罵一番的唷！」

茜從扶手上探出身軀，臉龐因淚水而變得亂七八糟。

「特務也是知道的吧？被遺留下來的人才比較可憐、難過。比起耍帥放棄，就算很丟臉……即使被嘲笑怒罵，也要活下去拚命掙扎戰鬥的人才帥氣好幾千倍！」

茜唇瓣顫抖，抬頭仰望賽蓮。

「什麼嘛已經累了是怎樣……我也很累啊，也有饒了我吧的想法啊！有人可以代替的話，我也想找個人代替我喔！不過我知道特務跟大家都很努力！所以！才下定決心不像之前那樣逃避的說！」

數名船組員用憐憫目光注視茜。

「不是已經約好……等回來後要一起去玩的嗎？」

艦橋響起茜的嗚咽聲。賽蓮看著茜，不久後終於向她答話。

『對不起。』

賽蓮微微拉開嘴角……一句「拜拜」做出最後的道別。

海曼深深地壓低軍帽。

茜緩緩搖頭，就像在說不要似的。茜整個人虛脫，通訊兵拉起她的手臂。

「不行……這樣是不行的。」

海曼對賽蓮說道：

「能讓羅布林卡引擎失控嗎？」

聽聞此言後賽蓮點點頭，接著海曼向前踏出一步。

「請再多爭取一些時間。我答應過要盡可能讓士兵活下去，就算多一個都好。」

賽蓮再次點頭，海曼對這樣的她敬了禮。之後他轉過身軀，開始對船組員下達撤退指令。跟賽蓮的通訊畫面被中斷了。

失去作戰司令部後，船組員兼任起它的角色開始準備撤退。

茜一邊哭泣，一邊環視艦橋上的軍人們，就像在求助似的。

在腦海中復甦的是神無木綠。自己犯下過失，眼睜睜看著綠因無力回天而赴死。而如今，又將發生與當時完全相同的悲劇。

（連特務我都要……見死不救嗎？）

光是想想都感到恐懼。情感滿溢而出，思緒漸漸渙散。

茜不知該如何是好，就在她無法正視事實而閉上雙眼時。

《為何要認定未來會變成這樣!!》

她感到艾倫（他）……似乎在大吼。

茜用力搥向艦橋的扶手，這完全就是出自下意識的行動。駭人聲響發出，眾船組員的視線再次集中至茜身上，連海曼都用眼尾餘光瞄向茜。

「這麼多大人窩在這邊還派不上用場……你們不覺得丟臉嗎？」

（要制止組織，就算是一秒兩秒都好。）

茜的視線望向光學畫面那邊，也瞪向安全保障理事會的成員們。

「而且還偏偏讓未成年的女孩背負一切！這種事已經超過小孩子責任能力的範疇了喔！什麼世界的命運！什麼五十億人的生命！」

（總之別沉默，不要坐下，不准隨波逐流！要一邊說話一邊思考自己能做到什麼事！）

視線最後移向深川總理。茜的氣魄讓總理露出一瞬間的怯懦神情。

「就是因為大人不肯幫忙！小孩子才只好一邊哭泣一邊努力的說！」

『默不作聲地聽著……就愈講愈過火了嗎？妳這赫奇薩！繼續妨礙軍務的話，要我發布命令當場將妳格殺也行的喔！』

深川總理有如煮熟的章魚般滿臉通紅，然而茜並不退縮。

就像將自己從咒縛中解放的英雄似地……將那股思念化為吼叫。

「明明連大人的骨氣都表現不出來！你們少在那邊裝大人啊啊啊！」

艦橋上的時間瞬間停住，沒過多久，就在深川總理準備在畫面另一頭怒喝之際。

『這才是我自豪的學生。』

老婆婆的聲音流瀉而出，茜驚訝地抬起臉龐。操作員向海曼報告。

「閣下！確認有新的船影！」

主螢幕切換影像，映照出一艘戰艦。在潘德拉貢的近海附近浮著一艘隸屬國不明的戰艦，周圍微微罩著黃色薄霧。

「究竟是怎麼做到的？作戰海域上突然……突然就有反應出現了！」

操作員舉止失措地接著報告，然後新的臉龐顯示在畫面上。

看到出現的人物後……茜的雙眼溢出淚水。

茜露出迷路孩子總算見到慈母時的表情。

「嗚啊啊啊啊，嗚啊啊啊啊啊！」

『妳、妳是——！』

深川總理瞪大雙眼極為震驚，連面對安全保障理事會的諸位也沒露出懼色的海曼都放大了瞳孔。

「是作戰籌劃家。」

『吼得好，撐得妙。有一陣子沒見到面，變得能夠獨當一面了不是嗎？茜。』

映照在畫面上的人是冰室雷鳥——冰室義塾的創辦者，也是日本首屈一指的大財閥【冰室財閥】的第三代總帥。是一年前被逼至失勢窘境的稀世戰爭製造者。

茜癱坐在原地，安心感與欣喜讓她發出聲音哭了出來。

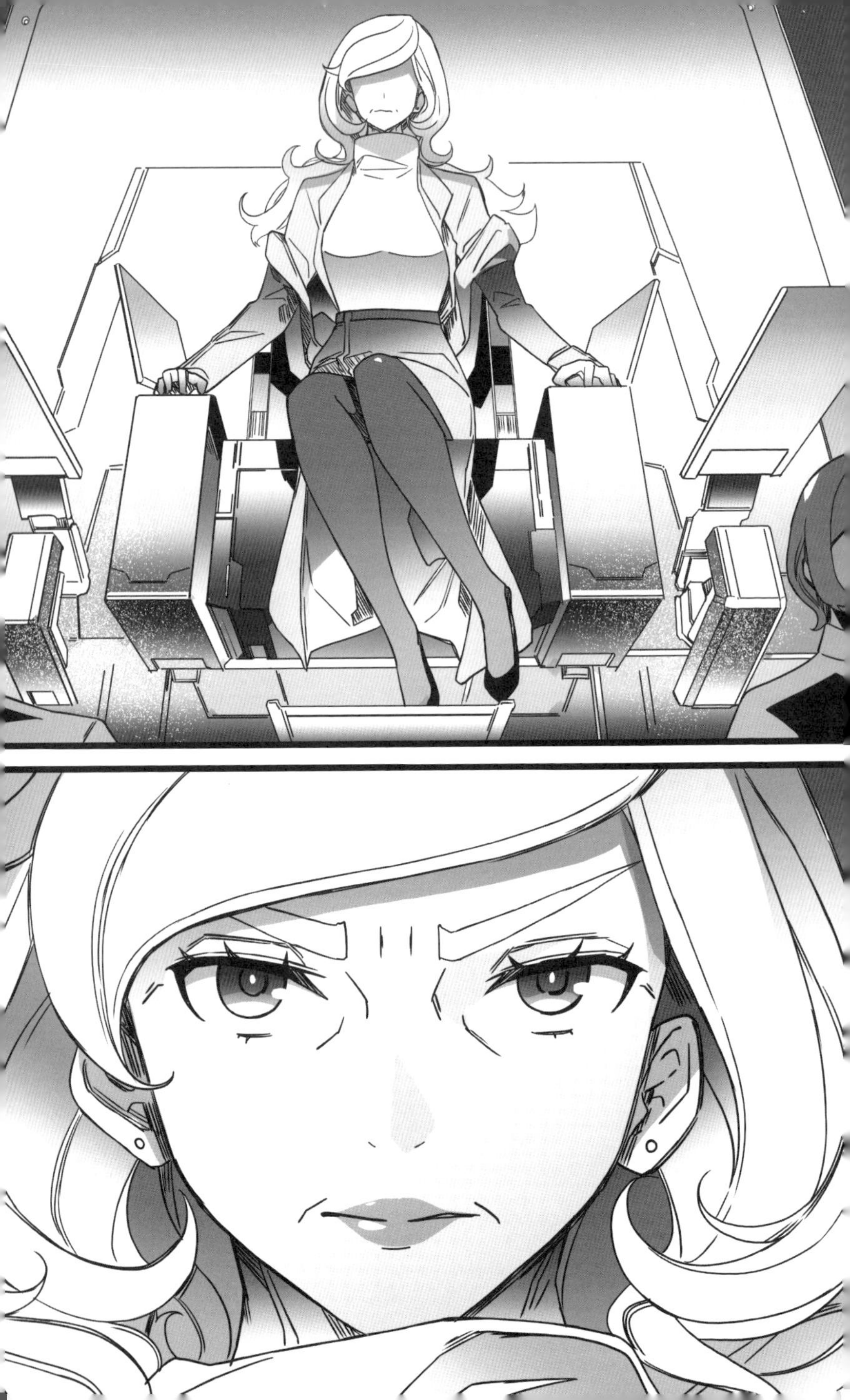

『都一大把年紀了……居然還把我們家的可愛孩子弄哭吶。』

畫面裡的雷鳥有如咬住香菸濾嘴般地叼著它。理事會成員中也有人露出動搖的態度，海曼正襟危坐地說道：

「過氣的戰爭製造者，事到如今還跑出來幹麼？」

『沒什麼，只是來拿忘記的東西罷了。所以來了一場直達大西洋的快樂遠洋航海吶。』

海曼眉毛微微一動，訝異地反問「忘記的東西？」

雷鳥用 ZIPPO 打火機點燃香菸，將煙朝一旁吹出後，她報以瞪視。

『大人的……骨氣與責任。』

雷鳥有如要吵架般說道——冰室義塾曾經有過勇者。勇者為了弱者而戰，最後凋零在這個世界，然而其存在並未完全喪失。有一群人繼承了他的信念……情感與矜持。

『這場戰爭（架），我們 EIRUN CODE 接下了。』

勇者亡故後，世界出現了新希望。無差別馬里斯擊滅機構【EIRUN CODE】向全世界高高地舉起了他們的旗幟。

Ⅳ EIRUN CODE

綠色陽光從天上灑落，狄絲特布倫沐浴在毒水瀑布下。

狄絲特布倫的胸部裝甲裂開，可以從中看到三角形的組件。

它就是鄰人的主引擎【羅布林卡】。

狄絲特布倫的周圍噴出蒸氣，機體表面的熱度上升。

狄絲特布倫準備進行最後的敢死攻擊。

國王種從遠方緩緩走向這邊。

在駕駛艙中，賽蓮呈現前傾姿勢。全方位螢幕上大大地浮現著【System-DB】的電光文字。為了進行最後的請求，賽蓮把手放上水晶組件。

「走吧，小黑。」

賽蓮告知最後的心願……臉上甚至浮現沉穩笑容。然而──

狄絲特布倫並未發動，相對的駕駛艙卻出現微震輕搖。有如要邁步向前，卻又踩住步伐似地……在賽蓮眼中看起來就是如此。

「為什麼……」

賽蓮感到困惑，ＤＢ系統是強制性地讓狄絲特布倫進入失控狀態的事物。

只要認定是外敵，就會使出全力前往排除。然而，如今的狄絲特布倫看起來也像是在違抗系統。賽蓮第三次命令「小黑」。

突然，數十張照片圖像散布在全方位螢幕上。

艾倫、紫貴跟葵她們，規格外十名數字（ten number），雷鳥跟武藏——

那是賽蓮開心地跟大家在一起的照片。

「這個。」

照片中也有狄絲特布倫互相接觸的圖像。賽蓮被狄絲特布倫的機械手臂高高抱起，臉上開心地露出靦腆笑容——這張照片被顯示在正中央。

這就是狄絲特布倫展現出來的、最大程度的意志表示。

賽蓮的瞳孔開始動搖，就在此時。

通知聲突然響起——副視窗小小地顯示在右側，指令以語音通訊的形式飛向這邊。

『賽蓮！請妳帶著處女座之淚後退至Ｅ４地點！』

「這個，聲音是？」

賽蓮的表情微微出現動搖，那是很耳熟的女性嗓音。副視窗上面顯示著處女座之淚現在的位置。

『十秒後進行掩護砲火射擊！趁現在重整態勢！』

賽蓮反射性地將座位旁的橫桿推回去，就像馴養的狗兒聽從飼主的命令似的。

螢幕上的【System-DB】電光文字消失了。

狄絲特布倫的眼部攝影機從紫色轉為珍珠白，羅布林卡停止失控，胸部開啟的胸部裝甲也跟著閉闔，狄絲特布倫再次抬起頭部。

『小黑。』

巫婆帽的推進器點燃——狄絲特布倫從瀑布中飛出。

目標是西北方，處女座之淚身邊。位於數百公尺附近的國王種試圖追擊狄絲特布倫，然而四枚彈道飛彈卻有如鎖定它似地飛向這邊。

國王種被爆炸阻止而停下腳步……在火中現身時，狄絲特布倫跟處女座之淚已經撤退了。

潘德拉貢的艦橋上飄散著熱辣辣的緊張感。

安全保障理事會——日本、美國、英國、中國、俄羅斯——五首腦靜觀事態的發展。

船組員則是跟現場的作戰司令部溝通已經發布下去的撤退作戰命令。

然後是，雷鳥與海曼隔著螢幕互相瞪視。

在世界執牛耳的權力者們——正於此地齊聚一堂。

「這裡被指定為最高機密的特別作戰區域，請速速離去。如果不聽勸告，就會被轟飛至天空的另一邊喔。這裡用不著在政治鬥爭中失敗的戰爭製造者。」

掌管極限突破計畫的海曼提督對雷鳥提出警告。

『啊這樣喔……不曉得是不是最近上了年紀，變得會忘東忘西了呢。畢竟我是被一腳踢下椅子、花費大半生一手建立的烏托邦，也被只有嗓門大的智障搶走的可憐老太婆吶。』

畫面上的雷鳥促狹地瞥了一眼深川總理。

『不・過，所謂的人生可不是就這樣拋棄的東西……就在我走投無路不知如何是好又開始老人痴呆時，有人跑來問我要不要當新創立的「清潔公司」的負責人吶。』

雷鳥的影像通訊右側映照出一名身穿和服的老人。

「……一之瀨先生。」

『海曼先生，總是承蒙您的關照，我是一之瀨的大老闆。』

老人用商人的笑容回應。他是一之瀨狼牙，是與冰室財閥並稱雙璧的一之瀨重工的會長。此人是葵的祖父，與雷鳥之間的關係本是商場上的敵人。

『正如方才雷老太……我們僱用的人所言，我用個人名義開了一家小小的民間保全公司。至於造勢的宣傳嘛，就是「對馬里斯戰遊擊武裝組織」。』

雙目描繪著平緩曲線——眼瞳深處則是寄宿著強烈光芒。

『無差別馬里斯擊滅機構【EIRUN CODE】……不隸屬於任何國家，四處奔波殺馬里斯，只問實力不問身分的清潔工集團。』

海曼漸漸看出他們試圖介入的意圖。

聽到這番話語後，美國總統喬治發出聲音。

『那麼，在北美擊退兩隻皇后種的人就是——』

中國王總督在畫面另一邊大力拍桌。

『妳的事情現在根本無關緊要！作戰籌劃家！此處是由聯合國管轄的重要作戰計畫的決議場所！在此攪局具有何種意義！不，更重要的是！妳那副理所當然與吾等平起平坐的表情更是問題！』

王總督伸指比向雷鳥。

『只是口袋有錢的老太婆，究竟有什麼事要找我們這群聯合國的管理者！根據情況不同，吾等會對此處的軍隊下達攻擊命令喔！』

雷鳥「咯咯咯」的發出意有所指的笑聲。

『櫻之劍出現後，聯合國加盟國如今已有三分之一退出——』

簡直就是魔法似的，僅僅一句話，雷鳥就讓安全保障理事會的成員們閉上嘴巴。

『在鄰人的戰術排行中名列前茅的5號機與18號機遭到搶奪，皇家護衛實質上已無法發揮其機能……馬里斯四處作亂，無法維持國內治安的國家陸續出現，世界秩序如今就像風中殘燭吶。』

雷鳥有如來回舔拭般窺視每一個人的臉龐。

『現在的聯合國（你們）就像一隻瘦到皮包骨的大象……肚子裡還有一大堆寄生蟲呢。我是沒差的喔？看你們是要被馬里斯從外面咬死，還是被營養不良的條蟲從裡面咬穿肚皮吶。』

雷鳥瞇起單眼，用完全是居高臨下的視線撂下狠話。

『你們的工作就是，對我接下來提出的要求點頭或是搖頭……僅此而已。』

接著她話鋒一轉向海曼搭話。

『我就單刀直入地說了……想讓軍隊打勝仗的話，現在立刻把你的指揮權全部移交給我。』

就算是海曼也啞口無言，冷汗順著脖子滑落。

「說什麼蠢話。」

『我覺得比起在這邊打敗仗、恬不知恥地撤軍要好多了吶。』

雷鳥對英國首相大衛使了一個眼色。

『死亡人數超過七萬，投入的彈藥，乍看之下有個兩萬噸吧……這種重大損失，你打算怎麼負責？』

大衛表情一黑。

『話說在前面，就這樣夾著尾巴逃回去的話，被幹翻天的人可是提議要打這場仗的人……沒錯，就是英國吶。還有就是以為自己會沒事的日本(敲邊鼓)也一樣喔。』

雷鳥接著望向深川總理，總理用力扭曲嘴角狠瞪雷鳥。

『大衛，你以為自己叼著的是雪茄，其實是炸藥吶……對「戰敗國」這種不名譽稱號，總之就是討厭到不行無法忍耐的**某個懷舊主義者**會狠狠抽打你的屁股吧。話說在前面，深川(那傢伙)不論歐洲變成怎樣他都毫不在乎唷……他滿腦子都是要趁火打劫提高自己國家的地位吶。再來就是明白一切、在柵欄外面伺機想要跳進去的大野狼吧。』

阿西莫夫總統微微做出反應，大衛首相有如偷窺般看了深川總理一眼，總理口沫橫飛破口大罵。

『冰室妳這傢伙！』

雷鳥無視他，逕自向海曼提督說道：

『那麼？你打算回去後要如何向親愛的女王陛下報告呢？』

海曼的心臟重重跳了一下。

『你心愛的英國臣民，以及為了打這場戰爭而聚集的將兵白白死去了七萬人以上。就算失去大英帝國的驕傲還是無法殺掉國王種。馬里斯今後也不會停止對歐洲的侵略。以參與國為首、因這次作戰而被皇后種侵略的國家火冒三丈憤怒不已……你要把這種內容整合成晦澀難懂的報告書呈交上去嗎？』

潘德拉貢的船組員臉色發青。

海曼雖然沒表現在臉上，卻也感覺心臟像是被狠狠揪住似的。

『如果這場戰爭打輸，這次英國就會步上昔日美國的後塵喔。衣食住全部湊齊，人類才能保有自己的體面。一旦失去任何一項，就會從飢餓的國家淪落成強盜喔……人不是被馬里斯殺死，而是會親自走上滅絕的道路吧。』

茜緊張地吞下口水，這番話語的意思就是——

一旦無法攻下這個MI02目標，世界就會在抱有馬里斯問題的情況下進入【第三次世界大戰】。雷鳥做了這個預言。

『把叼在嘴上的火藥點燃的人就是你……海曼·沃查奇。』

英國那邊在畫面另一側，正在跟首相等人進行協議。一直默不作聲的阿西莫夫總統開了口。

『妳那邊的要求是什麼？』

艦橋的緊張感上升，雷鳥舉起拿著香菸的手，透過指縫瞪視他們。

『五千億美金，換算成日圓是五十五兆六千一百億圓……不分期一次付清。』

茜差點就要發出叫聲，另一方面，狼牙則是一臉沒事地用茶杯啜飲茶水。

王總督用雙手猛搥書桌。

『真是荒唐！這麼多錢不可能拿得出來吧！』

『冰室小姐，再怎麼說這個數字……也不現實不是嗎？』

喬治總統認為這是笑話，阿西莫夫總統露出無語表情扔開筆，然而雷鳥卻有如發狂般哈哈大笑。老婆婆的轟笑聲令現場氛圍為之凍結……大笑好一陣子後，雷鳥一句「啊好好笑」瞇起眼尾。

『都走到這個地步了還對這麼多事情失焦……在這場戰爭中，你們背負的事物是什麼？』

能正確理解這句話的人，只有茜跟海曼在內的寥寥數人。

『是地球上**五十億三千萬人的買命錢**……如此思考的話，感覺並不那麼貴就是了。』

『妳這個非國民！』

對雷鳥的態度保持觀望的深川總理挺起腰部。

『我已經無法忍耐了！連事情有多重大都不懂嗎！繼續胡言亂話的話——！』

『是嗎？那就當作沒這件事吧，我會聽從你那邊的警告的。』

如此說道後，雷鳥就切斷了與潘德拉貢的通訊。深川總理『……欸？』的一聲，眼睛也變成兩顆小黑點。阿西莫夫發出咂舌聲，喬治總統也搖了搖頭。

這裡是EIRUN CODE的持有艦・登陸戰艦【曉】。

在曉的艦橋上，雷鳥點燃了一根新的香菸。

雷鳥的艦長席位於最高的位置上，再下一層則是寬敞的指揮區，其下方有如埋進地板內似地設置著五席一組的通訊、武器控管，以及操舵席。

「要移動本艦嗎？」

雷鳥下方傳來聲音，戴著【紫色鐵面具】的少女站立在指揮區。

「不用了，對方馬上就會主動低頭的。」

雷鳥吸了一口香菸，主螢幕上投影出海曼的臉龐。

『繼續進行交涉吧，EIRUN CODE。』

「我這邊也沒很閒，沒有下次了喔。」

雷鳥不悅地說道，海曼眉間又多了一條皺紋。

『妳那邊才是，別再要小把戲了，作戰籌劃家……快把做為妥協案的正式計畫說出來吧。』

雷鳥暗自竊笑，少女也在面具下「呵呵」輕笑。

安全保障理事會的成員們也晚了半拍映照在螢幕上。

「那麼這裡是妥協案。至二〇七〇年九月二十七日起，將曾是冰室名義的所有『人事物資金』……被日本政府扣押的一切有形、無形資產都還給我吶。」

深川總理瞪圓雙眼……肩膀顫抖，嘴巴高高噘起。其他首腦則是無言地面面相覷。

「真不懂事吶，我是在叫你們把第二富士還回來唷。當然這其中也包括狄絲特布倫跟它的鄰近者，然後還要再加上連帶條件。」

雷鳥在菸灰缸上輕敲香菸，深川總理臉色大變對海曼說道：

『在哪邊悠悠哉哉聽她講話幹麼！事態明明刻不容緩的說！海曼將軍！快命令艦隊包圍那隻溝鼠的船！』

深川總理已經沒時間顧及顏面了。他從座位上起身，伸指比向雷鳥。

『妳的時代已經結束了冰室雷鳥！不想被殺掉的話，要乖乖聽話的人是妳才對！主導權握在我手中！這點妳別搞錯了！』

然而海曼卻立刻制止深川總理。

『最好別這樣做，深川先生。』

『區區軍人少對我指手劃腳！就算是聯合國的將軍，我也不允許你這樣喔！』

深川總理心神大亂根本聽不進去，繼續展現如同幼稚園兒童耍任性般的舉止。

海曼連正眼都不瞧他一眼，發出銳利聲音大喝「shut up！」。

『你覺得這個女人沒考慮過這件事嗎？打從被如此接近的那一刻起，我們脖子就被套上繩索了喔。』

海曼如此說道後，只有阿西莫夫總統一人揚起嘴角。聽著這番話語的雷鳥聳聳肩，她拿出一個按鈕般的東西展示給大家看。

「我們現在也順便進行著其他的作戰行動吶，這艘船堆放著**四百萬噸級**的核彈。」

除了阿西莫夫總統外的首腦們都屏住呼吸，海曼發出嘆息……就像在說「真會裝傻」似的。雷鳥望向映照在螢幕裡的茜。

「因為我們家的茜（知名女演員）吸引了你們的目光嘛。託她的福我才能中到樂透頭彩喔。」

在螢幕另一邊，茜不好意思地垂下視線，雷鳥瞪視首腦陣營。

「要開火就隨便你們，只是在這片海域上的傢伙都會一起陪葬唷。」

雷鳥在進行交涉的同時，就已經用刀子抵住聯合艦隊的背部了。

「在這種狀況下一旦失去司令塔，留在島上的傢伙們也會一個不剩地死光吧。至於這個惡作劇……就交給現任內閣總理的你來收拾吧，深川總理？」

深川總理進退兩難，伸手摸向粗大的脖子，其目光就像看見未知生物似的。總理對雷鳥說道：

『妳……瘋了。』

雷鳥吐掉香菸，感情表露無遺地朝深川總理吼了回去。

「母親為了孩子（小鬼）而拚命！有啥不對！」

一年前，冰室義塾失去了它的理念。學生們被狠狠地推下絕望深淵，規格外十名數字（ten number）被賣去其他國家當實驗用的白老鼠。這一切都被捲入了利欲薰心的權力者的政治交涉（game）。

心愛的孩子被搶走時，母親所感受到的懊悔與憤怒……雷鳥一邊被這種情感折磨，一邊準備名為復仇的料理直至今日。雷鳥有如要將這一年份的憤怒全部砸向對方般地說道：

「選擇吧！看是要喝下毒藥得到人類史上最高的榮耀！還是捨棄一切！迷惘十秒

鐘就會有十人死去！這就是發生在士兵們眼前的現實！」

雷鳥口沫橫飛地對那群首腦如此說道。

「要做選擇就趁早吶……我不喜歡浪費喔，特別是浪費生命。」

波紋朝四周擴散，波紋帶來漫長的沉默。各國首腦面面相覷了好一會兒，彼此都在等待身邊的人採取動作。

雷鳥等待回答……然後，拍手聲突然響起。是阿西莫夫總統。阿西莫夫總統一邊拍手，一邊用冰冷視線望向深川總理。

『在這次的事態中，你的做法似乎也大有問題呢，深川總理。』

王總督府也翻臉不認人地表示非議。

『真要說起來的話，問題出在你們日本政府無法好好管理國民不是嗎！別讓內政問題造成的不良影響波及吾等好嗎！』

『怎！怎麼這樣……』

深川總理啞口無言，喬治總統替安全保障理事會的意見做總結。

『吾等安全保障理事會正式請求 EIRUN CODE 參與這次的作戰計畫，並且於此前提下進行委託。請務必……打倒國王種。』

雷鳥不讓人察覺地鬆了一口氣。一句「謝謝惠顧」後，她暫時切斷與首腦陣營的視訊，接著開始對孩子下達指示。

「好了小鬼們！已經用不著客氣囉！」

雷鳥的聲音透過艦內格納庫的擴音器傳遍每個角落。

『改變戰爭形態的從來就不是那一百萬個俗人庸人，而是一個鬼才、天才，還有怪人啊！』

——紅面具少女在停機坪的通道上奔馳，她飛身搭上一架機體的駕駛艙。

——至於另一架機體，已經搭乘在上面的少年戴上藍色面具。

雷鳥在艦橋上有如怒喝般說道：

「把你們暴力般的才能與力量，盡情展現給全世界知道吧！」

坐在通訊席上的少年推了推眼鏡的鼻梁架。坐在少年身旁的是老公公老婆婆通訊士與操舵士。

另一方面，站在指揮區的面具少女則是按下耳畔的按鈕。面具的一部分開啟露出嘴巴，少女撥開從面具中伸出的長髮做出回應。

「收到。」

幕間

【玩偶・華爾茲・鎮魂曲Ⅱ第十九話〔另一個援軍〕

二〇七〇年五月二十四日播映】

——動畫畫面播放——

紅白色裝甲反射光線，其外裝造型以洋裝剪影為意象。迷你鶴來對兩人說明關於最終決戰禮服（wedding）的一切。

『只要穿上這個，艾菲娜也能暫時跟愛麗絲或是格林打得有來有往……格林甘特戰那時就已經完成了喔。』

「有、有這麼厲害的東西為什麼不用？」

艾倫臉色大變如此詢問，鶴來大聲表示「別說得那麼簡單！」

鶴來突然翻臉的模樣令兩人啞口無言。

迷你鶴來在小不點菲娜的帽子上方搔搔頭。

『抱歉，我從頭開始說明……柯夢菲亞搭載機的戰鬥力是簡單的算數計算。我無論如何都改變不了三比一還要大的事實。』

所謂的柯夢菲亞，就是全宇宙只有二十二個的究極能量結晶體。

主角仁的【亞芳愛麗絲】跟艾菲娜都將它當成動力能源使用著。

艾倫與艾菲娜曾經慘敗給搭載了這個的山寨版亞芳愛麗絲——【格林甘特】。

『艾菲娜搭載了一個柯夢菲亞，相對的愛麗絲跟格林則是裝了三個。我看過艾菲娜的戰鬥紀錄檔，你們應該親身體驗過那股戰力差距吧？』

艾倫眉心罩上陰霾，昔日的故事片段插入影片。

《緋紅淑女在純白神明面前變得破爛不堪。》

『只要同時燃燒兩個以上的柯夢菲亞，它們就會開始「黏合」喔。黏合程度一旦發展下去，這次就會換成封閉在內部的群星生命能量失去控制。』

「……失控的話，會變成怎樣？」

艾倫用陰鬱表情反問鶴來。鶴來握住手，然後猛然張開。

『有很高的機率會引發宇宙大爆炸現象喔。區區行星會被輕易轟飛，所以愛麗絲跟格林都將其中一個柯夢菲亞全部用來進行控制，藉此防止它們各自進行黏合化喔。』

聽聞此言後，艾倫「嗯？」的一聲發出訝異聲音。

「按照這個理論，意思是包含控制用的在內，只要有三個柯夢菲亞就行了嗎？」

『母親大人本來就有一個用來研究，獨裁者仁搶來了一個，還有閣下從貝格艦隊搶回了一個。合計應該一共有三個才對。』

背著艾倫的小不點菲娜抬起視線。

『……嗯嗯，是有呢。艾菲娜・倫音列瑟的主引擎倫音轉盤用了一個，再來這套結婚禮服也用了一個當作輔助動力……最後一個保管在這個設施的最深處區域。』

鶴來仰望完成的結婚禮服。

『不過只是搭載上去是無法阻止黏合的喔，所以亞芳愛麗絲有櫻，格林甘特則是有比羅，必須將它們這種「生物機械界面」裝進柯夢菲亞才行喔。』

鶴來說明後，兩人猛然驚覺。

『如此一來就能防止柯夢菲亞之間互相黏合，並且引導出三道星之力。』

亞芳愛麗絲跟格林甘特都一樣，搭乘時必須按照順序先將一名少女裝進心臟部位才行。不按照這個順序啟動機體的話，只需三分鐘就會引發自我崩壞的現象。因此仁身邊才有愛麗絲的巫女・櫻。

敵方角色・厄斯坦尼亞則是有人工妖精比羅跟在身邊。

「那麼櫻說『自己是愛麗絲的良心』就表示——」

『沒錯，不讓魔人失控的限制器（心），就是櫻本身喔……而且我生前直到最後，都沒能確立將柯夢菲亞與跟它融合的人類分開來的「切割技術」。』

鶴來對艾倫如此說明，接著探頭望向心愛女兒的臉龐。

『剛開始時，我有想過是否能用小不點菲娜當作控制用的機械界面喔。不過柯夢菲亞只能跟生物融合呢。』

聽聞此言後，艾倫浮現另一個疑問。

「既然如此……我成為柯夢菲亞的生物機械界面不就好了嗎？就像櫻那樣。」

鶴來打從心底感到厭惡地嘆氣。

『我都說了……別說得這麼簡單。』

鶴來站在小不點菲娜的頭頂上望向後方，與艾倫的鼻尖面對面。

『在技術上是有可能做的，不過如此一來……最後**你就會變得不再是人類了**。』

艾倫與小不點菲娜感到愕然。

『會變成再也算不上是人類的……「人形能量體」喔。直到柯夢菲亞燃燒殆盡前都會一直存活下去。而且如果出了差錯超過燃燒極限的話，你的身體就會融化被能量分解……然後消失的唷？就像蠟燭的火苗那樣。』

迷你鶴來很難受地握住和服的下襬。

『至少我絕對不想變成這樣，所以才將它的存在隱瞞至今。』

『母親大人。』

小不點菲娜同情地開口搭話，艾倫則是望向旁邊，抬頭仰望艾菲娜最後一套禮服。然後……他朝迷你鶴來露出笑容。

「鶴來……果然還是把柯夢菲亞移植到我身上吧。」

迷你鶴來浮現淚光揍向艾倫的臉龐，鶴來的手有如幽靈般穿過艾臉的臉。即使如此，鶴來仍然沒有停手。

『你這混蛋！混蛋！』

「妳消失後我一直在思考。我死掉後艾菲娜（這孩子）會變成怎樣……我總有一天會老死，如此一來這孩子就會變成孤零零的一個人了。」

『閉嘴。』

「我無法守護妳，我最最想要在一起的人已經不在這個世界上了。因為我很弱，所以也從這孩子身邊奪走了妳。」

『住口住口住口！』

鶴來浮現淚水，一邊不斷揍著艾倫的臉龐，每揮一拳，玩偶般的小手都會穿過艾倫的臉頰。

「月之女神（倫音列瑟）就算轉世投胎七次，也同樣會跟牧羊人一起墜入愛河結為連理。面對如此一往情深又溫柔的女神……這次換成是牧羊人（我）想送她東西了。」

艾倫露出慈愛眼神，對為了自己而發怒的鶴來露出微笑。相對的，鶴來則是癱坐在小不點菲娜的頭頂。

艾倫對不斷落淚的全息影像溫柔地說道：

「我會一直思念著艾菲娜（這孩子）……連同我**最喜歡**的妳的份一起。只要這孩子的體內有妳存在，我們就能永遠在一起。」

迷你鶴來吃驚地抬起臉龐，艾倫不好意思地搔搔臉頰。

「明明只是一句話，我卻搞成這副鬼樣子……明明喜歡妳十年以上，到最後卻還是開不了口。」

艾倫一邊說，一邊在眼角浮現淚水。

「抱歉，鶴來。我最喜歡妳了。」

迷你鶴來用雙手蓋住嘴巴，不久後她浮現淚水，將身體湊向艾倫的鼻子。

『這種話要在我還活著的時候說啊……笨蛋！』

「……抱歉。」

聽到這句話後，小不點菲娜浮現寂寞微笑。

V 規格外十號數字集結

這裡是曉的旗艦。

紫面具少女．brain 9立於指揮區。指揮區正面處有電影院尺寸的光學畫面設置在中央，在左右兩旁也各設置了一個副螢幕。

『母親，海曼來電，指揮權與管理密碼已移交。目前大約收集到六個師團的戰力。』

粗獷的男性嗓音流瀉而出，接著紫面具(brain 9)身邊浮現四十張以上的光學螢幕。指揮區被光學螢幕淹沒。

「太多了，編輯成好閱讀的樣子。還有別叫我母親。」

紫面具(brain 9)如此說道後，超過四十張的螢幕立刻消失。

『所有通訊線路連接至本艦，將本艦置於主伺服器，建立指揮系統…………結束。殘存物資、兵力、損耗狀況分析中——』

阿波羅尼亞斯γ——搭載高性能ＡＩ的思考加速裝置。

這張面具搭載了對冰之九（ice・nine）九重紫貴的戰術指揮能力進行研究後開發出來的AI。阿波羅尼亞斯γ對紫面具也就是紫貴說道：

『建立結束，母親啊，棋子湊齊囉。』

紫貴周圍再次顯示出二十四張光學螢幕。

「還是不好閱讀。」

紫貴如此說道後，螢幕群開始合體，最終變成只剩下六張光學螢幕。

『已整合。』

「很好，首先把四處分散的幼生體群集中至一處。在主要的七個場所設置迎擊點，然後把撤離中的部隊派去各迎擊點。」

紫貴正面出現兩個光學鍵盤，紫貴用盲打的方式在右邊的鍵盤上編寫電文。

「把這個送到海曼那邊，現在的演奏者有點不夠用來伴奏呢……人到齊後我們再拿起指揮棒。」

阿波羅尼亞斯一句「遵命」做出回應，螢幕上的電文自動傳送出去。

另一方面，位於紫貴下方的通訊區那邊，老人跟老太太正開心地聊著天。

「哪來的快快樂樂搭船去大西洋遊覽嘛。」

「被時薪一百萬美金釣到跑來這裡，結果是個不得了的戰場吶。」

「哎，反正也很無聊，這樣剛好囉。」

「預防老人痴呆，老人痴呆，哈哈哈！」

這群老者是退伍軍人，也是雷鳥的老朋友。他們本來是可以在前面加個超的幹練操作員與操舵士，但其中混雜了一名少年。

「brain 9，狀況開始。」

士官服少年是過去的學生會會計．田中榮太郎。他身上的氛圍與一年前相比截然不同，體格壯碩不少，五官也變得精悍許多。

「紫貴！這個小鬼還挺有看頭的呢！」

被隔壁的老爺爺拍打背部，田中眼鏡滑落，一邊說了句「謝謝」做出回應。

「對不起呢，田中同學。把你從本土找回來後就立刻叫你參與作戰行動。」

紫貴如此說道後，田中抵住眼鏡鼻梁架將滑下來的眼鏡向上推。

「不，我很開心。反正就算待在保管領也只是每天揮著十字鎬而已……為了不讓死掉的他丟臉，我要盡一份心給大家看。」

紫貴望向田中的背影，那副背影看起來比一年前還要大上一些。

「先來備料吧……brain 9 傳令各機！作戰行動即將開始！」

紫貴發出銳利聲音，曉的艦橋上掠過緊張感。

「解除光學迷彩！機體全面啟動！於此時此刻進入第二階段！」

東方地區山岳地帶・高處。

有如斗篷般翻飛的纖維裝甲，閃光之八（lightening・eight）專用機・格蘭二號【火焰拳擊手】現出身影。它是以肥大雙腿為其特徵的戰騎裝。

戴著黃色面具的少女坐在座位型駕駛艙上，少女按下耳畔的按鈕，面具右半部開啟，八雲日向用影像通訊聯繫紫貴。

『gunner 8，第六左翼沒精神嗎？我想從Z12那邊崩壞敵方，做得到嗎？』

日向開心地流露笑容。

「gunner 8，接下任務。」

紫貴一句「拜託了」後切斷視訊。日向拉起儀表板，出現在眼前的是大量步槍子彈。所有子彈都取出了火藥，日向拿起其中一顆。

面具半開——從那兒露出的嘴角因喜悅而扭曲著。

『來吧格蘭，讓天空沉入火海吧。』

格蘭二號傳出日向高八度的聲音，格蘭二號開始展開隨身火器。

『右腕＝一四四釐米特大狙擊步槍』『左腕＝四六釐米重型格林機關砲』。

『胸部＝二一釐米霰彈砲』『雙肩＝飛彈發射倉共四門』。

『雙腿＝三五釐米對空機關砲』『背部＝愛國者飛彈發射器』。

火焰拳擊手有如刺蝟般展開重武裝。

日向在座位上笑著，陶醉地凝視手中的步槍子彈。

「呵呵♡，格蘭二號，火焰拳擊手……現在開始對空砲擊。」

東部地區某處。

寬廣的平原一望無際，沒半個人的平原上揚起沙塵，那幅光景簡直像是有透明物體在地面滑行似的。

『臭眼鏡呼叫臭蟲各機，準備好了吧？』

田中傳來通訊，纖維裝甲（mantle）一起飄揚至天空。

解除光學迷彩現身的是【風神特裝型】三機，是將疾風後繼機．風神改造成星辰小隊專用的機體。

機體看起像是將疾風整體放大一圈似的，塗裝是藍色的，三機都採用雙眼攝影機。在各自的頭部上，山武機漆上了「三」，奧爾森機是「蒼」，大地機則是「星」。

『好啊啊啊啊啊啊啊啊啊啊啊啊啊啊啊啊！』

『復仇戰開始囉！』

山武機與奧爾森機傳出吆喝聲，風神特裝型以大地機為首奔馳而出。三機後面還跟著一架疾風。

『瑪麗娜！加快速度！別被拋下吶！』

機體傳來「瞭解」的回應，那是由瑪麗娜搭乘的疾風。

瑪麗娜・路易斯——是葵在Z－02小隊認識的殘存赫奇薩兵。

在前方帶領他們的是，神馬之五（sleipnir five）・伍橋月下。

牙狀眼部攝影機發光。它是擁有大猩猩般的手臂、有著野獸造型的戰騎裝，機身塗裝跟格蘭二號一樣是群青色。

它是格蘭三號【烈火踢者】——機動戰特化的月下專用機。

『曉傳令five wind小隊，開始雙面擾亂。』

紫貴的放行訊號流瀉在四機內，月下一馬當先衝了出去。

『那我先走一步了！你們跟在後面吶！』

格蘭三號機切換成越野模式，以豪放速度甩開四機。

另一方面，大地率領的星辰小隊與瑪麗娜，則是採取從左邊迂迴的路線。

伴隨極限突破計畫的失敗，機兵部等赫奇薩部隊被下達嚴令前往ＭＩ02目標的中央地帶——

十一架疾風以單排縱向隊型行進，大家有如蝗蟲般朝前方跳躍縮短距離。在一旁掩護機兵部行軍的是法國陸軍。

粗壯的灰色人形機【格蘭MkII】——是法國陸軍的四代機。

護衛部隊的最後一機在城堡種的突進下慘遭粉碎，引擎部位引爆，火焰從內側灼燒殘骸。

城堡種從火焰中探出臉龐，牠無視爆炸衝擊繼續突進，目標是在前方逃亡的赫奇薩（餌食們）。

『菲利浦少尉！』

女性社員發出慘叫。疾風各機滿是泥濘，沒命地逃跑著，他們是事先分成兩班的其中一組。

『最後一餐居然是難吃的起士漢堡！』

男性社員抱怨個不停，附近區域的馬里斯以他們為目標集中至此處，周圍傳來的地鳴聲告知馬里斯接近中。

『有人嗎！去向自衛隊請求支援！』

『大家都已經被幹掉了！』

疾風傳來孩子們的哭聲，雄騎士從十一機前方飛來。雄騎士扭動魚體，朝機兵部接近而來。

『雄騎士一隻！啟二！對空火箭筒！快一點要過來了！』

『已經射完了！剛才不就說過了嗎！』

『來了！沒辦法轉身耶!?要怎麼——！』

就在巨大腔棘魚的獠牙即將抵達孩子們的前一瞬間。

巨大黑影掠過陸地，牙目的眼部攝影機拖曳出光之軌跡。

『哎——呀——！』

追上雄騎士後，鋼鐵野獸踹向地面。

『嘿！』

它用身體從旁邊猛撞，將雄騎士擊落至地面。

——有翼城堡種的肉翼上到處都是洞穴。——近十隻的有翼士兵變成血肉。——

高速飛翔的巨大腔棘魚·雄騎士的臉龐被飛彈命中。

格蘭二號展開砲擊戰，用雙腳腳跟的尖釘固定過分沉重的全身。

日向高聲長笑。

『簡直像是大蚊子嘛！好開心！』

格蘭二號展開華麗的掃蕩戰，其背後專屬部隊忙碌地來回奔波，戰騎裝跟裝甲車將武器貨櫃搬至這邊。

對他們發出指令的是塗成褐色的巖流。所謂的巖流，就是陸上自衛隊的主力戰騎裝。現在這架整備作業用機體就是用它改裝的，坐在上面的人是日向的丈夫・橘柔吳。

『好，總之先按照這種感覺，從S11補給區那邊把彈藥拿過來！如果有清單裡的武裝，就把那個貨櫃也一起拿過來！』

『就規格而論，沒有格蘭二號無法裝備的武器！覺得麻煩的話，就先把看到的武【巖流・整備特裝型】傳出柔吳的聲音。

裝貨櫃拿來這裡！補給作業由我一手包辦！』

搬運貨櫃的運輸部隊立刻原地調頭，巖流打開其中一個貨櫃，有如瓦楞紙箱般從裡面抬起立方體形狀的彈藥包。

『不過……在現場一看，我老婆真的很猛吶。』

巖流在大顯身手的格蘭二號下方滑行，將手中的立方體插進它的左肩後方。格蘭二號立刻發射左腕的格林機關砲。

『感激不盡！愛你喔！』

『喔！我也是！』

巖流扔掉廢棄排出的空彈藥包，在地面爬行的士兵種被彈藥包擊碎頭部，當場一命嗚呼。

格蘭三號刨開地面著地，它用大猩猩般的手臂——內部的轉向輪——在地面滑行，華麗地過彎。

『由我來當你們的對手！過來這邊吧！怪物們！』

月下引開數十隻敵人，格蘭三號有如在大群怪物的隙縫中穿梭般奔馳而過，簡直像是發生在一瞬間的事情似的。橫切而過的新獵物令眾馬里斯為之盲目。

敵人氣勢略緩，疾風傳來社團成員們的驚叫聲。

『剛才那是！……格蘭!?是格蘭！』

『月下隊長嗎？是月下隊長吧!?』

即使如此敵人也並未消失，城堡種漸漸逼近在最後方奔馳的一機。跑在前頭的疾風・啟二機大叫。

『笨蛋！萌奈，要過來了！』

最後方傳來女孩悲鳴。就在此時，疾風與三道迅風彼此交錯。從旁邊穿越的瞬間，有聲音向啟二機搭話。

『就這樣直行。』『……欸？』

啟二機捕捉到的是，早已看慣的三機背影。

來回追擊社團成員的城堡種——其兩隻前足遭到斬飛。

奧爾森機與山武機從左右兩邊通過，大地機同時躍起。

大地機做出月面空翻，在城堡種頭頂飛舞，接著擊發裝在左臂的砲筒。城堡種背部燃起爆炸火焰。

『數量十，就這樣壓制喔。』

大地機噴射膝蓋內側的推進器緩緩落下，一邊用蘇維特畢步槍不停開火。奧爾森機與山武機揚起泥巴著陸，兩機持有的蘇維特畢步槍也噴出火光，以槍擊驅逐士兵種們。

『『『『部長～～!!』』』』

機兵部發出喜極而泣的歡呼聲。眾人被告知大地他們的星辰小隊於先前的北美戰爭中陣亡，因此從社團成員的角度而論，三人看上去就像是奇蹟般地復活似的。

『瑪麗娜！準備撤退！』

大地如此說道後，瑪麗娜機發出『瞭解』的聲音。瑪麗娜機確認十一架機體的受損狀況，開始準備撤退。

跨坐在機車型座椅上的是金髮五分頭少年，亞賀沼大地。

駕駛艙螢幕旁映照著在下巴留著輕浮小鬍子的江藤山武，以及日裔巴西人前田奧爾森的臉龐。三人都用布裹住嘴巴，風貌看上去就像恐怖分子似的。

大地拿下裹住嘴巴的布。

「各自自由選擇武器，從現在起要掩護機兵部撤退。」

影像通訊的兩人也在畫面另一頭拿下布條。
淺淺地呼吸後……大地口沫橫飛地下令。
「這些傢伙由我們接手！機兵部（你們）頭也不回地衝出去！」
星辰小隊使出全力掩護機兵部撤退。

另一方面——格蘭三號已經吸引了大群敵人。
足以覆蓋紫色大地的敵人聚集而來，陸地當然用不著提，就連空中都有馬里斯在狙擊格蘭三號。
坐在機車型操縱裝置上面的人是伍橋月下。她是一名短髮麗人，用皮製口罩掩去嘴巴附近，口罩上面畫著一張怪獸般的大嘴巴。
每次進行機動，將防護服繃得死緊的巨乳就會上下搖晃。
「喔～喔～，聚集到這種程度，畫面真是噁心極了呢。」
月下拿掉嘴上的口罩。通訊連接上去後，紫貴映照在螢幕上。
「這裡是 monster 5，會長，雖然還有點早，不過就從我這邊先開始吧。」
紫貴露出略微思索的表情，經過二秒鐘的思考後她點點頭。
『明白了，那麼一百八十秒後，會每隔十秒進行時間差砲擊。另外發布指令前嚴禁轉向，請務必小心別被爆風捲入。』

「是。」做出回應後，月下與紫貴的通訊中斷了。

「好！月下小姐要久違地認真飆車了，就讓你們好好見識吧！」

月下換檔——狀態畫面上亮起「二頭肌圖標」。

在外面，吸引大群敵人的格蘭三號高高躍起。

『限制解除！』

大猩猩手臂在半空中擴張，輪胎從內部露出。背部的散熱片向上抬起，膝蓋與後腳跟的巨大輪胎(road wheel)急速回轉。

『抓得到的話……就來抓看看啊！』

月下進入高機動戰。著地的同時，格蘭三號也同時變化成越野模式。

在曉的艦橋上。

紫貴注視在戰域地圖上奔馳的藍色記號「5」。

「獨身一人工作量還在小隊之上……我每次都感到很惶恐呢。」

在戰域地圖上，主要正同時進行著兩個現象。

在右翼這邊，日向擋下了飛行幼體群。

在左翼這邊，星辰小隊跟月下將敵人分成兩大群，試圖讓牠們集中至一處。紫貴的面具突然傳來阿波羅尼亞斯的聲音。

『母親，左翼與右翼的S．H地區已展開砲擊部隊，根據計算有兩個師團的火力。要來一發大的了。』

藍色記號從左右兩邊接近，其背後是有如蟑螂般增殖的一大群紅色記號。它們擠得到處都是，將地圖染成一片滿江紅。紫貴說道：

「時機由我控制。」

阿波羅尼亞斯回應「遵命」。藍色記號「5」與藍色記號「01」「02」「03」漸漸縮短距離，當四個記號重疊時……紫貴以銳利語氣發出指令。

「阿波羅尼亞斯！」

⇒記號從前後左右——戰域地圖外圍——飛向這邊。

它指的是支援部隊的砲擊，數百個⇒記號集合至同一處。

×記號的煙火升空——×以放射狀向外擴散，馬里斯的反應也消失了。

阿波羅尼亞斯γ提出報告。

『確認擊破五千三百六十六隻，棋子依然健在，路線控制下來了喔。』

主螢幕的戰域地圖上劃下閃電狀路線，「ＯＫ！」的電光文字浮現。大聲叫好後，紫貴呼喚船組員們。

「路線已控制！部隊配置進度目前為百分之五十五！從現在起作戰進入第三階段！」

老兵映照出主螢幕外面的畫面。

「在那之前，紫貴。有個**不要命的人**在那邊大吵大鬧，說要搭上本艦呢。」

紫貴望向外面的影像……在外面的是，茜坐在救難小艇上的身影。

曉・艦內發射場。

在格納庫這裡，一之瀨葵與【鬼燈・炎一號】正在等待出擊的時刻。

鬼燈的駕駛艙也是機車型的。身體擺出臀部高高翹起的姿勢，透過防護服展現凹凸有致的身段。

一之瀨葵戴著紅色面具，以重機騎士風格與紫貴通訊。

『brain 9 傳令 ogre 1，再次確認階段三。目前本艦於ＭＩ02目標北部上方十公里處待命中。』

駕駛艙主螢幕上顯示島嶼地圖與曉現在的位置。

『Ｉｚ－42特裝衝鋒型【鬼燈・炎一號】與全自動彈藥裝置【宙臣藏】將會搭乘

強襲用推進裝置【鬼之島推進器】火速運送至G—11地點，到目的地為止的運送路線已經輸入完成，妳在抵達前睡一覺就行了。』

「妳說錯了，是吐一吐才對吧？在模擬測試時，有好幾次我都覺得自己要暈過去了呢。」

葵一邊抱怨，一邊推操縱桿。

在外面，鬼燈搭上有如滑翔翼般的飛行套件。單膝跪在上面後，它抓住兩側的把手固定身體。

映照在駕駛艙螢幕上的紫貴繼續說明。

『抵達該地點後立刻進行【死神大鐮・大樂團計畫】，抵達的同時就立刻大鬧一場，之後的指令員由她接任。』

紫貴左側映照出茜的畫面，葵向茜搭話。

「喔？有點長高了？」

『不知別人有多辛苦……。我的代號似乎可以沿用妖精之三(fairy・three)，作戰時請這樣叫我。』

茜用手帕擦拭眼角。那對眼瞳滲出不甘心的感覺，並且做出請託。

『葵學姊，拜託妳了。請讓在這裡的所有傢伙……見識見識冰室義塾真正的力量！』

「好唷。」茜自信十足地做出回應。兩人的影像消失，主螢幕上電光文字顯示著【系統炎一號】。

巨大滑翔翼【鬼之島推進器】前方的裝甲升起，將鬼燈全身隱藏在裝甲板下方，推進器變成巨大的「楔形」。

艦內格納庫播放茜的播報聲。

『後方甲板開啟，作業員請至指定地點避難，重複一次——』

格納庫響起警報，緊急警示燈在每個角落亮起紅色燈號，格納庫開始從正中間縱向裂開。景色緩緩開啟，藍色天空一望無垠。

『升空展開……鬼之鎖解除，各員準備好衝擊。鬼之鎖解除，各員準備好衝擊。』

曉的後方甲板有如形成V字般分開，鬼之島推進器下方筆直地伸出跑道，沿著行進路線點亮號誌。

『鬼之島推進器，連結玩具九號。』

鬼燈播放葵的聲音，鬼燈的腰部後方連接著巨大電纜，球形組件（主動力爐）以螺旋狀開始發光。

鬼燈的能源傳遍鬼之島推進器，葵開口說道：

『鬼之島推進器，點火！』

推進器推進部位開始發出藍光，葵做完所有的準備。一名作業員抓住身旁的扶手，其他人則是壓住工地安全帽趴在地板上。紫貴發出升空命令。

『鬼之島推進器，出擊準備結束！鬼燈・炎一號……突擊！』

『orge 1！鬼燈・炎一號！突擊！』

火速發射——楔型推進器射向ＭＩ02目標。

反作用力的衝擊襲向船艦全體，曉的船體被壓向後方。

「咕嗚嗚嗚嗚嗚嗚嗚！」

駕駛艙內的葵幾乎被駭人Ｇ力壓扁，鬼之島推進器又是蛇行、又是以銳角改變行進路線，沿著設定路線朝目標地點前進。

在曉那邊，茜一一報告鬼之島推進器的現況。

「鬼之島推進器！通過２８７６地點！２９１１！前方五十公尺，士兵種估計二十！主教二！」

映照在主螢幕上的是，高速移動中的鬼之島推進器。

推進器前方裝甲一波波射出小型飛彈，轟飛前方的敵群。

就算鬼燈鑽過爆炎，還是有許多士兵種緊緊攀住鬼之島推進器。紫貴立刻下令。
「第一層裝甲！排除！」
茜重複「排除！」，拉下操控桌的把手。
在畫面內，鬼之島推進器的裝甲剝落，將攀附在機體上的敵人連同裝甲一同捨棄。鬼燈的頭部暴露在外界空氣中，田中立刻報告。
「雄騎士兩隻，接近！附在推進器上面了！」
雄騎士一左一右咬住鬼之島推進器，裝甲被壓扁，上面出現齒痕。
「第二層裝甲！排除！」
茜重複「排，除！」，拉下另一根把手。在畫面中，鬼之島推進器的裝甲再次脫落，緊緊抓住滑翔翼的鬼燈出現了。
「行進路線ＯＫ！宙臣藏！投放！」
「投放！」
茜按下紅色按鈕，投放跟滑翔翼連接在一起的宙臣藏。
「投放結束！葵！可以囉！」
『嘿咻……！』
紫貴一聲令下，螢幕上的鬼燈從鬼之島推進器上面一躍而下。

ＭＩ02目標・Ｇ地區。

搭乘完就被拋棄的鬼之島推進器猛然撞上敵群，引發大爆炸。

另一方面，鬼燈躍下後在空中逆向噴射雙肩推進器，抵消慣性運動試圖保持水平，接著鬼燈的兩個腳跟挖開地面。

『給我，停下啊啊啊啊啊！』

鬼燈一邊在地上留下兩道足跡一邊減速……不久後鋼鐵大鬼抵達了ＭＩ02目標。

「誰想……再來一次啊。」

葵在駕駛艙上大口喘氣，脫掉鐵面具後她握住操縱桿。

「那麼──」

葵對螢幕使了一個眼色，舔拭乾掉的嘴脣將它潤溼。

「說真的就算是正中間也要有個限度吧，紫貴（那傢伙）還真是不饒人呢。」

在雷達螢幕上，足以埋盡整個畫面的紅色記號朝這邊聚集。

一架大鬼降落在山岳地帶上，背後有讓人聯想到ＵＦＯ的彈藥裝置【宙臣藏】待命。

雙肩的推進器將噴射口移回後方，一起裝在上面的筒狀刀鞘裡各自插著三把刀。右肩寫著【炎】──左肩則是【壹號】──。

友軍數零，數不清的大群敵人團團包圍大鬼。

『將下等生物送上戰術斷頭臺。』

紫貴的聲音流瀉而出，鬼燈從後腰裝上左輪式穿甲榴彈砲【烙印】。

『將戰技大鐮揮向怪物們。』

大鬼接著從肩膀抽出太刀，無柄太刀接觸外界空氣後開始震動。震動的衝擊令紫草發出騷動聲。

鬼燈準備完畢，敵人一湧而上。

坐在駕駛艙上的葵露出猙獰笑容，紫貴映照在影像通訊裡的面具罩上陰影。

『「來吧，捉迷藏要開始了。」』

兩隻鬼……如今即將合奏殺戮二重奏。

【死神大鐮・大樂團計畫】——是冰之九(ice・nine)以炎之一(flame・one)單獨強襲為主軸的戰略・殲滅作戰的廣域版。

與先前不同的就是其規模。

過去的紫貴同時指揮兩個師團就已經是極限了，然而有阿波羅尼亞斯γ的輔助，又同時運用思考加速裝置，現在她已經能徹底掌握到十個師團的兵力了。

而且葵也換搭了鬼燈・炎一號，其突破力已不可同日而語。

在曉的艦橋上，安全保障理事會的五人敬佩不已。

海曼也對 EIRUN CODE 的戰果啞口無言。

『這就是赫奇薩戰術的最高峰……立於冰室義塾頂點的規格外十名數字。』

阿西莫夫總統喃喃低語，在副螢幕上，以四格分割畫面播放著影像。

『鬼燈・炎一號單獨強襲馬里斯』『格蘭三號單機擾亂大群敵人』。

『三架風神特裝型同樣進行佯攻機動』『格蘭二號展開砲擊戰』。

ＭＩ02目標的戰域地圖投影在主螢幕上。

大部分紅色記號都被集中在「海邊第一區域」，紅色記號如今正以駭人速度不斷減少，雷鳥點了一根新的香菸。

「驅逐幼體群這種活兒，只要有子彈跟火藥在手是會有辦法解決的……因為那群小鬼沒有飛行道具吶。只要活用赫奇薩的戰術特性，殲滅效率就能提升好幾個位數。」

雷鳥「呼——」的一聲吐出煙霧。

「不論是多強悍的怪物，只要從射程外卯起來射擊殺掉牠們就行了。可以稱之為理想型的驅逐方式就是這個吶。」

砲擊開始三十七分鐘後——幼體群驅逐數已逐漸到達**八萬**。

「火炎大鐮與冰之斷頭臺形成的【斷頭臺接力】……這就是過去不斷將冰室義塾引導至勝利之路的、EIRUN CODE（我們）的熱門商品之一。」

『難以置信。』『好……好啊！』

各國首腦反應各有不同，然而茜的表情卻很陰暗。

茜持續監控一個記號的動向。

「即使如此……」

「線滅型！第三射要過來了！」

老操作員如此說道，線條在戰域地圖上朝四面八方擴展。

建構起來的七個迎擊點──×記號在其中一處散開，不久後消失。

「法國陸軍，第五至第八戰車中隊消失！一〇二一步兵連隊也一樣！」

田中的報告讓紫貴啐了一口，茜流下冷汗抬起視線。

「不想想辦法處理那傢伙……是不會勝利的。」

主螢幕切換，線滅型在一片火海中扭動蛇軀。

副螢幕顯示葵的臉龐。

『orge 1 呼叫 brain 9，那個要怎麼辦？』

紫貴咋的一聲踏響鞋跟，制止所有人開始變得負面的意識。

戰域地圖上──位於線滅型右側的海域──出現新的記號。

那是有著「甲殼」形狀的藍色記號。

「已經做好對策了。」

紫貴拿起面具──出現在線滅型前方的是昔日的強敵。

「為何……這傢伙會！」

茜發出吃驚聲音。帶著圓潤感的人型……左右搖晃巨軀登陸。它的雙肩與背部穿著特大號裝甲，每個看起來都極為類似龜殼，手上也同樣裝備著甲殼形的大盾。

【八岐】從後腦勺伸出，看起來就像馬尾似的。

是鄰人16號機，隱密強襲型鄰人【玄武】。

「從現在起進入第四階段！死神大鐮計畫繼續進行！Q11由波賽頓2對付！」

玄武踏上海岸，溼掉的沙灘下陷將近兩公尺。

就直線距離而論約十公里處——巨大蠕蟲有如眼鏡王蛇般扭動身軀。蛇體末端部位開啟，張開血盆大嘴。線滅型轉向玄武這邊。

那副令人毛骨悚然的身影，以放大畫面顯示在玄武的駕駛艙螢幕上。

坐在座椅型操縱裝置上面的人是戴著藍色面具的少年。

『波賽頓2！你的目標就是那隻巨型蚯蚓喔！總之想辦法對付吧！』

少年同雙條水久那拿下面具，那張柔和臉龐微微抽搐著。

「只對我們命令得這麼隨便啊……還在氣我們學冰室先生的那件事嗎？」

（哎，那我們就來個熱臉貼冷屁股吧，夥伴。）

表層意識上的另一個自己・宿儺開口搭話。

水久那擁有【二心二技（double）】的異能，一副軀體內有兩個人格同時存在。是交換人格就能改變身體技能的力量。

「來吧玄武。賭上大家的性命，看看你有多硬吧。」

玄武的頭部與胸部的眼部攝影機發出黃光，背部與肩膀的特大號裝甲收縮，裝甲之間彼此接合，頭部組件也一併收納至胸部內。

在曉的艦橋上，大衛首相啞口無言。

雷鳥看著這樣的他，一邊娓娓道來事情的始末。

「那是一年前的事情了。某人從小養大的孩子跑去別人家臥底，還將財務狀況全部賣給鄰居——」

深川總理的禿頭流下大顆汗珠。

「那個鄰居用一副好鄰居的嘴臉大搖大擺闖進家裡，試圖偷走帳簿不過也失敗了……惱羞成怒的鄰居請了流氓試圖縱火，而且還手持非法的『壞玩具』呢……在某種因緣巧合下，我得到了當時的壞玩具，所謂的人生真是讓人想不透。」

大衛低著頭，無論如何都不肯抬起臉龐。

「是原本就把這個東西偷偷藏在某處嗎……我是對一些地方感到在意呢。如果『你們違反了規定』這件事被發現，聯合國加盟國就會一湧而上地蓋那些人布袋吧……哎，雖然我現在不打算講這種殺風景的話題就是了。」

雷鳥望向主螢幕。

「好了，這裡就是分水嶺……玄武（那個）如果不行的話，作戰會失敗，我們的敗北會成為定局。」

雷鳥夾著香菸的手指很用力。——茜閉上眼睛，有如祈禱般雙手互握。——紫貴緊緊抿著嘴脣。——田中擦去鼻梁上的汗水。

在畫面中，線滅型進入砲擊姿勢。光芒漸漸集中在全身的體節，線滅型仰望天際。光量膨脹至最大程度……一口氣爆裂。

「呀啊啊！」

茜壓住耳朵，畫面傳出用刀子滑過金屬板般的聲音。

主螢幕被染成一片桃紅色，橫掃大地燒灼海面，桃色荷電粒砲貫穿玄武，包含曉在內，海域上的友軍軍艦均因巨大衝擊而被猛烈搖晃。

那是感覺相當漫長的二十秒，是蒸發三萬人的獄罰之光。

船艦的搖晃慢慢平息……光芒逐漸停歇。

艦橋上的成員們逐漸恢復視力，視野敞開時，眾人望向主螢幕。線滅型有如虛脫般垂著頭。

在牠對面的十公里處——玄武站著的海域籠罩著一片濛濛白霧。霧以像是要吞噬天空的氣勢向上竄升，包含海面跟沙灘在內什麼都看不見。

然後…………綠色大腳從白色蒸氣中踏出。

茜整個人放空，椅背發出輾壓聲。

「損傷觀測……外部損傷，零。16號機……**毫髮無傷**。」

田中如此報告。大龜鄰人的胸部出現了，茜吃驚地發不出聲音，紫貴微微抬起鼻子。

「在德軍進行的【齊格飛作戰計畫】中已經得到實證，『讓鄰人拿著要塞外壁裝甲正面突破』……這種無腦攻略法對線滅型很有效。」

皇后種擁有無視硬度的攻擊方式【無差別物質消去（IME）】。不過是因為線滅型擁有牠特有的遠距離攻擊嗎？過去從未觀測到牠使用過無差別物質消去（IME）的例子。

紫貴從過去的作戰實例判斷事情會變成這樣。

「更何況那個玄武可是擋下月女神之拳的鄰人喔。」

紫貴朝線滅型豎起大拇指，然後把那根拇指向下一比。

「可別太小瞧人類了。」

在玄武的駕駛艙內，水久那也嚇出一身冷汗。

「就電力能量而論……是三千億瓦特！我還以為會死耶！」

線滅型的各體節閃爍不定，駕駛艙內的水久那立刻握住操縱桿。

玄武拿起盾牌，五束荷電粒子砲被盾牌跟甲殼裝甲斜向彈飛了。

雙肩與背部的特大號裝甲回到原本的位置，有如從甲殼內伸出脖子似的，收納起來的頭部也移至外面。

『這個盾牌可是特製的唷。要弄壞它的話，得將百萬噸級的衝擊力凝聚於一點才行吧。』

玄武搖晃雙肩登陸後，立刻用右邊的大盾隱藏臉龐，荷電粒子砲再次被彈開。

宿儺大喊「換人！」，背部的推進器點燃了。

玄武……讓沉重身軀向上飄浮。

推進器以最大功率噴射後——玄武搖身一邊成為機動要塞。

宿儺發出吼叫。

『把世界最強的核彈（沙皇炸彈）！拿個十顆過來吧。啊啊啊啊啊！』

玄武開始衝鋒突擊。

另一方面，線滅型附近的幼生體群開始行動了。牠們奔向一百五十噸的機動要塞，雙方都貪婪地縮短彼此之間的距離。數十、數百根獠牙襲向一個鐵塊。

劇烈衝突──馬里斯們被水神壓扁輾爆，然而其中也有馬里斯攀附在機體上。

士兵種鑽進甲殼，將獠牙咬上玄武的後頸，玄武口中卻伸出黑色絲線。士兵種失去了全部的牙齒，鋼鐵大蛇一口咬掉這樣的士兵種的頭部，剩餘的下半身墜至地面。

城堡種攀附到玄武的肩膀上，一口咬向水神的天靈蓋。咬下去的瞬間，城堡種的獠牙就折斷了。鋼鐵大蛇立刻捲住城堡種的脖子跟肩膀，兩隻大蛇有如麻繩般緊緊縛住城堡種，城堡種的頭顱猛然噴飛。

與線滅型之間的距離已不到五公里，線滅型再次全身痙攣。

超過十個體節發光，線滅型連續發射光束。光雨灑向玄武，連同周圍的孩子也一併沐浴在其中。

盾牌與甲殼彈開光線，沒能徹底擋下的光束掠過腿部與腹部，在裝甲面刻下灼燒痕跡。是感受到生命有危險嗎？線滅型不斷發射荷電粒子砲，不論小孩是否在場都不在乎。玄武漸漸遭受損傷，但速度並未減緩。

線滅型從其中一個體節發射超大荷電粒子砲，玄武用大盾從正面完全擋下這一擊。玄武沒有停下，其距離剩下三公里──

『沒用！』

這次牠從許多體節連續射出光束。肩部裝甲雖然彈開光束，頭部卻遭到灼燒，腿部跟胸部也受到燒傷。即使如此牠還是沒有停下，距離剩下兩公里——

『沒用！』

幼生體群有如巨浪般飛撲而來，在光線之雨後面是血肉之壁。牠試圖用數量與質量制止玄武，距離剩下一公里。

『都說沒用了吧吶!!』

玄武在肉壁上面開出一個大洞，然而幼生體群並不怕死，就算被壓扁還是會有新的撲上來試圖阻止水神。玄武的突進速度正一點點地減緩中。

機動要塞終於停下……玄武看上去就像被埋進肉山似的。

然而肉山立刻開始飛散出血花，八條大蛇【八岐】咬破馬里斯的血肉探出臉龐。

八顆紫色火種生成，火種在八岐嘴裡肥大化，有如釋放而出似地被高高打至天際。火種極大化後，將幼生體群連同玄武一同吞沒。

距離零——玄武從爆炎中飛身竄出。玄武颳起強風高舉盾牌，玄武有著一道刀疤的頭部出現了。

『這就是，世界上最堅硬的！』

玄武用力刺出右邊的盾牌，盾牌前端反射陽光，接著——

『我們的玄武！』——刺穿線滅型的咽喉。

透明液體有如河流般從蛇軀流出，玄武就這樣抱住線滅型的脖子。它讓重量發揮出威力，將線滅型高高抬起的頭部狠狠撞向地面。

大腳重重踩住……橫躺在地的蛇。透明液體弄髒玄武，就像它剛才打了一場泥巴仗似的。水久那做出勝利的報告。

『這裡是波賽頓2，Q11壓制結束。』

同一時間——日本‧瀨戶內海。

高架橋以相同的間隔在海面上延伸。

全長共一萬三千一百公尺，寬度三十五公尺，高度則超過一百九十四公尺。

它是【瀨戶大橋】。

巨大人型被投向它的主塔支柱……那是二十公尺級的標準型皇后種。支柱彎折開始倒塌，以倒塌的支柱為起點，大橋開始崩塌。

有如要給予最後一擊似的，黑影從正上方降落。

將標準型連同瀨戶大橋一併沉入海底。

海面冒出白色氣泡，從海中浮起的是黑色魔人，渾身都是駭人舊傷的鄰人，由仁‧長門駕駛的0號機【亞門特】。

亞門特的駕駛艙內沒有座椅類的東西。身穿黑衣配上斗篷，臉上掛著墨鏡的青年──仁·長門雙手環胸挺立著。

「如此一來，日本這邊就告一段落了。」

以國王種與處女座之淚交戰為導火線，散布於世界各地的皇后種因此活性化。這跟海格力斯計畫那時發生的現象一樣。

在這種情況下，仁他們【櫻之劍】分頭阻止皇后種侵略。

「問題果然還是……絕對種（國王種）。」

仁加重語調，一句「聯絡太陽（sun）」打開通訊線路。

「芭蕾娜，接下來我要去跟那群沒用的傢伙打招呼，那邊就交給妳囉。」

亞門特在半空中飄浮，拳頭互擊後，背後的空間有如玻璃碎片般裂開。

亞門特進入破裂的空間裡，其身影消失在暗闇之中。

同一時間──在中國·廣東省。

刀之七（blade·7）七扇大和統治的城廓都市【明】也面臨馬里斯的威脅。以古老城牆圍住整個城市，就是明的構造。

由國主明戀華率領的明正規軍整齊地排列在城門前方。

在前方延伸的地平線上升起沙塵，表示馬里斯正在接近中。

『呵，還挺多的呢……準備好了嗎？小姐？』

周圍流瀉女性嗓音。

駕駛艙內坐著一名褐色的拉丁系美女，她在寬敞的座位上優雅地翹著腿，穿在身上的褐色駕駛員服裸露度很高，可以從開在大腿內側的縫與敞開的胸口窺見繃得死緊的蜜大腿與乳溝。

主螢幕那邊連接著明的國主・明戀華的影像通訊。她是身穿紫藤色駕駛員裝的中華風美女，戀華臉上有著警戒與猜疑的神色。

「妳疑心病也真重呢。話說在前面，只是妳們的領導者擅自敵視我們而已，我們可沒有想要幹麼的想法唷，所以才像這樣過來救援的不是嗎？」

『是因為妳們把影帝跟7號機帶走的關係吧!?』

「作戰結束後就會回去的，你就那麼喜歡那個武士男孩嗎？」

芭蕾娜如此一問後，戀華「呼哇！」地發出怪聲。

『少！少少！少說蠢話了！誰會喜歡那個陰險的彆扭鬼啊！』

戀華雖然害羞，仍是語調激動地講了一大串話。

『雖、雖然他的確腦袋很好，又很有出息就是了？而且據說在日本還是歷史悠久的武家血脈？即使如此還是沒戲！那種腦袋像是屋頂裝飾的人！』

（這孩子看著看著還真是逗趣吶。）

芭蕾娜眺望害羞不已的戀華。就在此時，從別處傳來電報。

「那就……慢慢上吧。」

芭蕾娜把手放上扶手，主螢幕朝左右兩邊延伸。

在明的正規軍前方，坐鎮著一架巨大兵器（鄰人）。

『真不巧，處理完這些傢伙後還有堆積如山的工作要做，所以我要快快了事囉。』

巨軀全長超過三十公尺——甚至凌駕在狄絲特布倫之上。

橢圓形身軀上有著多足腿部組件，說是巨大貝殼上長著蜘蛛腿，應該可以想像出來吧。

它是多面戰術型鄰人【悠陽拾型】——非官方的鄰人19號機。

『沙羅曼迪奴！今天也華麗地大燒特燒吧！』

悠陽拾型移動它的多足，巨大貝殼奔向大群敵人。另一方面，由戀華搭乘的中國軍四代機【猛龍】發出戀華的叫聲。

『步伐要一致！真是的！明的精兵們啊！吾等也要跟上！別落後了！』

紫藤色猛龍拔出長劍，追隨在19號機身後，正規軍全員也跟著發出叫聲展開突擊。

同一時間・於MＩ02目標上。

處女座之淚被平放在岩山背後，全身的損傷部位都被光之立方體覆蓋。經過一定時間後，那些立方體消失，損傷部位**復原**了。

鄰人有自我修復機能。

與其他鄰人相比，處女座復原的速度要快上不少。失去雙腕的處女座之淚，其右腕已經變得跟新品一樣了。

狄絲特布倫已後撤至指定地點。

「呼，呼，呼。」

在駕駛艙內部，賽蓮上氣不接下氣。

指定的撤退路線完美無缺，賽蓮她們沒戰鬥半次就逃到此處。突然，跟處女座之淚的影像通訊接通了。

『究竟……發生了，什麼事？』

在畫面上，克里斯托法如此說道。他額頭流下鮮血，臉上浮現苦悶表情。

另一方面，賽蓮放大戰域地圖，心想果然如此。

表示國王種的「王冠」紅色記號在原地沒有移動。

國王種一直到途中都還死纏爛打地追擊著狄絲特布倫與處女座之淚。

然而……牠卻忽然停止追蹤。

國王種身邊現在有兩個「？」記號。

「醒來，小黑。」

賽蓮解除狄絲特布倫的半休眠模式。這是為了在移動時讓機體自行修復所進行的措施。昏暗的駕駛艙變得明亮，啟動機體後，就能完全使用電氣系統了。螢幕上投影了十張以上的圖片。

「唔！？！？」

看到影像後，賽蓮感到愕然。她表情僵硬，雙眼瞪得大大的。

「騙人……」

藍色眼眸發顫……漸漸寄宿活力色彩。

MI02目標如今正在發生賽蓮做夢也想不到的事情。

打從方才開始，國王種就被闖入者擋下步伐。

渾身是傷的國王種揮出利爪後，位於正面的大黑影就突然消失了。

龍人揮空的右臂——其手腕被空間伸出的魔手一把抓住。國王種側面出現一條隧道，從開在空間上的大洞那邊——

『啪！』的一聲，二十三公尺的大惡魔探出上半身。

它有六顆眼部攝影機跟四片蝙蝠翅膀，全身塗裝成漆黑色。

與國王種戰鬥的是，鄰人15號機【亞蒙】。

『虧你敢這麼疼愛魔術師（magician）吶。』

絕對領域（untouchable）——惡魔之六（demon・six）睦見顎玩弄著馬里斯之王，四片翅膀大大地展開著。

『而且順帶一提，坐在它上面的也是舊識……就讓我好好收拾爛攤子吧！』

紅色與黑色的雷電落至國王種身上，景色瞬間染成紅與黑。帶電的國王種身軀後仰，有如威嚇般張開大嘴。

然而顎卻不為所動，一句『而且啊』接著說道：

『我也帶了很多客人過來喔。』

國王種背後站了一個巨大機影。

這裡是日向她們待著的丘陵山腳，六架戰騎裝射擊著機關槍跟榴彈發射器。他們是紫貴要求的格蘭二號護衛部隊。

在山丘上，格蘭二號仍在進行著砲擊戰。

在格蘭二號背後，柔吳的巖流則是用蘇維特畢步槍掃射。

『就算是這邊也開始變得辛苦起來了呢！可惡！』

格蘭二號用特大號巨鎚擊潰來到腳邊的士兵種，那是從丘陵山腳處衝過來的幼生體群。

這裡的幼生體群已經聚集到柔吳不得不參與戰鬥的地步了。

『唔！什麼!?』

格蘭二號傳出日向的聲音，有兩個宛如瓦斯罐的炸彈被擊發至上空。兩個炸彈上升至一定距離後……在空中爆裂開來。

內部撒出數百顆**子彈**。

現場發生大型連環爆炸，山丘下方一帶成為火海。是被捲入爆炸中嗎？下方傳來士兵們的叫喊聲。

『很危險耶！究竟是誰啊！』

『剛才的是集束炸彈嗎!?那不是條約禁止的兵器嗎！』

突如其來的狀況令兩人慌張不已，接著傳來履帶運轉的聲音。

『登登～！是我！應邀前來！』

奇異聲音發出的同時，【看起來像是貯水槽的自走裝置】也朝這邊移動。自走裝置降下裝在右側的「巨大砲身」，日向與柔吳的聲音重疊在一起。

『『伏見（同學）！？！？』』

謎樣自走裝置的駕駛員是冰室義塾的學生。

身穿太空裝般的駕駛員服的眼鏡少女是——【兵器之四(arm・four)】伏見飛鳥。她是冰室義塾的瘋狂科學家，也是一手催生日向與月下等人的格蘭系列的母親。映照在畫面上的吳柔有如大喊般問道：

『妳啊！是從哪裡跑出來的啊!?』

「呼欸？用亞蒙丸的次元破壞跳躍啊？順帶一提，我十五分鐘前都還在睡覺，所以腦袋還睡著呢！」

頭髮睡到亂翹的飛鳥豎起大拇指，畫面中的日向臉色一暗。

『亞蒙……那麼睦見他？』

「是呢，他說情況差不多變嚴峻了，所以要過來幫忙，然後就把我踢下床了呢。事情就是這麼一回事，所以我過來囉！兩位！」

飛鳥天真無邪地用雙手比勝利手勢，然後充滿活力地舉手說出不得了的話語。

「那麼從現在開始要對拳擊手**進行改造**，柔吳也來幫忙！」

畫面上的兩人臉龐一僵，飛鳥露出罩著陰影的笑容。

「就來展露一下第10號百分之七十的實力吧……拖拖拉拉的會死人唷。」

規格外十名數字(ten number)陸續集結——又有另一人抵達國王種的決戰場。

大盾刺穿國王種的脖子側邊，國王種被橫向轟飛，挖開地面的土表。丟出來的盾牌有如迴力鏢般回到左手。

前來此處的是擊敗線滅型的玄武。

『波賽頓2呼叫 brain 9，目前正在與國王種交戰……也一併確認到聲明文內提及的、疑似鄰人的兩架機體。』

水久那確認到的兩個機影——不管是哪一個都是鄰人。

『櫻之劍的**共同戰鬥聲明**是真的，接下來會跟他們一起擊殺國王種。』

顎的長笑聲迴響在紫色盆地上。

『真慢吶雙條！我要先開始囉！』

顎的亞蒙高高躍起。亞蒙一邊左右滑行，一邊撒出八咫烏的子彈。火線從機關砲中噴出牽制國王種，接著。

『神明那傢伙做事也太精打細算了吧。』——流瀉而出的是毫無起伏的男性嗓音。

那個聲音是【白銀人型兵器】播放出來的。

『居然在這種地方重逢。』

國王種的臉龐猛然彈向一旁，唾液飛沫從獠牙的縫隙中飛出。

『前任．神無木大隊男隊長，應該說……全員到齊了嗎！」

白銀腿部踹進國王種的腹部內。國王種慘遭轟飛，踩穩馬步才剎住身形。

一柄太刀追擊——國王種胸口因袈裟斬而高高噴出黑血。

國王種向後仰，壓住傷口。牠發出低吼聲，雙眼血絲密布。

三架鄰人團團圍在國王種四周……顎首先說道：

『所謂的超越者真是累人呢，不論是在什麼時代都會被一大群雜魚包圍。』

惡魔軟軟地垂下雙臂站在牠背後，其六顆眼睛發出妖異紫光。

『我是不怎麼拘泥這種事，覺得很合理就是了。』

水神有如要阻擋右手般擺下巨大身軀。接著……最後一名演員說道：

『究極生物先生，肯讓我稍微談談歷史嗎？』

太刀猛然放到肩膀上，站立在國王種正面的是巨大人型兵器。

『雖然個體不同……不過在四十年前的海格力斯計畫中，有個傢伙把跟你一模一樣的生物斬斷一臂唷。』

肌肉隆起的剛腕輕輕鬆鬆撐住四百噸重的大太刀。人型有著粗壯外形，其身軀醞釀出凝聚壓縮之力的強悍。

『無能科學家們都異口同聲地評論為【腦殘(bonehead)】的它，卻是在歷史性敗仗中唯一留下爪痕的機體，真的很諷刺呢。』

鄰人的白銀裝甲發出鈍重光澤，看起來既像重騎士也像武士。

『然後，它就是這架機體吶。』

在眾人帶有敬畏感談論的鄰人規格中，只有這架機體被軍方相關人士揶揄至今，然而同時卻也有人崇拜它。

鄰人7號機【明星】。

是在半世紀間堅守亞洲最前線的英雄機體。

賽蓮在狄絲特布倫的駕駛艙內流淚。

——鬼燈正在戰鬥。——紫貴發出指示的聲音傳入耳中。——月下與星辰小隊正在對敵人發動佯攻。——格蘭二號周圍傳來飛鳥跟柔吳的聲音。

「大家，都在。」

在賽蓮窮途末路時伸出援手的是，曾以為再也見不到面的夥伴們。

『在我的母校那邊，只要欺負那個賽蓮(金髮)，就會有如約定俗成般跑出一個抓狂的傢伙吶……替艾倫(那傢伙)收拾殘局總是我的工作呢。』

不存在的規格外十名數字——影之七號憤怒了。

『別給我欺負好友（那傢伙）的後輩吶！』

刀之七（blade・seven）・七扇大和終於也前來會合了。

在賭上人類命運的重大勝負中……【規格外十名數字（ten number）】全員再次到齊。

VI 鄰人與鄰人愛（neighbor neighborhood）

《要怎麼做……才能拿出勇氣？》

賽蓮回想起自己曾經聽過的、最喜歡的人的話語。

他當時輕撫自己的頭這樣說道：

《這個每個人各有不同。找尋能讓自己努力的理由吧，賽蓮。》

賽蓮拭淚，一心求死的魔女已不復存。活力重新回到她的臉上……戰意在心中萌生。

「小黑……準備。」

賽蓮讓狄絲特布倫進入休眠狀態，駕駛艙再次轉為昏暗。

「不再漏下。」

少女要開始了。不是求死之戰，而是生存之戰。

「不再失去，也不再……哭泣。」

開始一場為了跟大家一起回家的戰鬥。

國王種與三架鄰人戰鬥，亞蒙與玄武負責支援，明星則是一手接下主攻的任務。

『喔喔喔喔喔喔喔喔喔喔喔喔喔喔喔喔喔喔喔喔！！！』

大和的長嘯轟響，穿越群山，明星化為暴風突進。

專用裝備【曙丸】橫向掃出，相對的國王種則是四肢伏地進行迴避……尾巴揮向明星的腳邊。

『少囂張！』

明星伸腿猛然一踹，腳底深深陷入國王種的臉龐。國王種後腦勺直接撞上地面滾倒在地，明星使出蠻力揮落大太刀，國王種用尾巴猛擊地面，靈巧地扭轉身軀。

只是一刀，就在地面上造成斷層，這正是剛力無雙。

明星的眼部攝影機發出血紅光芒，口部組件張開吐出熱風。

國王種立刻重整態勢，用宛如飛翔般的跳躍脫離現場。

一個跳躍就躍至一百五十公尺的上空……達到跳躍頂點後，國王種望向下方。

半秒過後，下方吹來陣風。

『喂。』

國王種猛然抬頭……明星雙手高舉過頂，**朝這邊墜落**。

『不准逃！』

明星重重揮下鐵鎚，猛然擊入國王種的天靈蓋。

國王種墜至地面，有如炸彈掉落般噴煙飛舞。

明星也隨後著地，國王種仰倒在地。明星單手抓住牠的尾巴，將牠整隻拖起來。

『喝啊啊啊啊！』——明星將國王種狠狠摔在岩盤上。

鄰人各自的性能，其實差異並不大。

運用層面、特殊裝置、登錄插槽數、操縱系統——就整體而論，鄰人有長處也有短處。換言之，只不過是使用者那方**擅自給予評價**罷了。

就這點而言，明星這個鄰人的評價相當低。

它只能登錄一個鄰近者，也不具備鄰人特有的黑科技兵器跟特殊裝置，可以說完全沒有這種特殊之處就是它的特徵，然而——

『害蟲！』

明星的拳頭陷進國王種的顏面，有一根獠牙被折斷飛走了。

如果要說這架明星有何優點，那一切都會集中在——「基本性能」這一點上面。

『不驅逐！』

國王種狗急跳牆地使出頭鎚，明星用盔甲頭部從正面扛下這一擊。

耐久度——它的裝甲在正式文獻裡曾留下撐過四十公分艦砲射擊的紀錄。

『是不行的！』

明星用手腕搭上國王種的脖子，然後緊緊纏住。它用柔軟的動作抓住脖子使出摔技。

運動性能與穩定性——它有如體操選手般肢體柔韌，能做出彈性十足的動作，也擁有就算自身重量在全副武裝下超過五百噸、也完全不影響動作的運動性能與姿勢控制系統。

『聽好了元凶！』

明星與國王種四隻手牢牢互握，雙方的臂力完全是不相上下。

而其輸出功率——一切的基礎則是壓性性的力量。

『我覺得世上像我這樣想殺你的人並不多唷！』

國王種的手臂漸漸遭到壓制——而且，在背後支援令明星性能更加強悍的不是別人，正是大和他自己。過來這裡前，大和從仁那邊得到一項建議。

《我想談一談你擁有的力量。你的【呼應(vioce)】說到底就是鄰人專用的技能，只有坐上明星時才能發動。》

『不要以為人類只能被吃喔！』

明星的眼部攝影機發出血紅光芒。明星向下壓，國王種的上半身更加向下沉。

《拋開理智吧。別看明星(它)那樣，其實還挺容易生氣的。我覺得可以輕鬆駕馭喔。》

明星後仰機體……狠狠撞下額頭。

『喝啊！』

國王種的頭部——宛如鋼鐵的堅甲——大大地出現裂痕。國王種翻白眼，從背部倒向地面。

七扇大和的異能——【呼應（voice）】。

這是提升鄰人輸出功率極限的能力。明星現在的輸出功率數值，比過去觀測到的數據輕輕鬆鬆多出三成，讓明星得以在突破極限的情況下與國王種戰得平分秋色，甚至還略占上風。

可以說形勢傾向人類這邊了，Eurin Code 的大顯身手讓人感到勝利近在眼前。

『……什麼？』

水久那發出訝異叫聲，國王種起身後突然直挺挺地站著不動。

然後，國王種忽然朝天空發出咆哮。

『這啥音量！』

明星用手捂住耳朵，國王種的咆哮足以匹敵音波兵器，腳邊的地面開始裂開。

『事情太順利了嗎！』

顎不自禁地流露聲音，國王種……在一轉眼間開始改變形態。

顎對大和與水久那發出警告。

『兩位，接下來就是重頭戲了。』

國王種的咆哮轟響在整座島嶼。

這是馬里斯之王發出的敕命——是默示錄的開端。

『以必死的決心殺上去吧。不然的話……就會有如蟲子般被殺死喔。』

顎用認真語調如此說道。國王種改變形態時，ＭＩ02目標露出了它的真面目。

最先察覺到變化的並不是現場的將兵。

「這是……」

茜的表情染上恐懼。茜凝視主螢幕，紫貴也死死盯著那個畫面不放。

現在，ＭＩ02目標出現數百處隆起現象，映照在主螢幕上的就是其中一處。

隆起的大地「簡直像是生物互相纏繞編織而成」的事物。

「這一個個像是圖案的東西……該不會都是**馬里斯**吧？」

紫貴如此低喃之際——馬里斯（絕望）爆開了。

幼體群有如下雨般、不斷從隆起的大地上飛出來。

一部分的陸地面積被染成赤紅色，一顆顆紅色記號有如波浪般擴散，漸漸侵蝕整張地圖。看到這一幕後，茜有了確信。

「ＭＩ02目標這個島嶼本身……就是『馬里斯變質』而成的。」

紅色記號開始**激增**。在敵人增殖的狀況之中，田中大聲地報告另一件事。

「新的皇后種親衛隊從地底出現！數量為九隻！」

茜的表情變得慘白。ＭＩ02目標原本觀測到的皇后種是十隻，投入鄰人後好不容易才將它們的數量減少至七隻。

然而……皇后種的數量至此卻變成十六隻之多，而且全部都是比普通皇后種還要強的個體。雷烏捏扁夾在手指上的香菸。

「也就是說……我們是在敵人的肚子裡戰鬥嗎！」

絕望沒有停歇，惡意的獠牙襲向人類。

右翼・中央地區。

在紫色大地上，鬼燈・炎一號豁出性命拚死展開一場攻防戰。

『這傢伙是怎樣!?』

劍與劍互相碰撞——劍閃火花閃爍，兩者身形急轉。雙方維持若即若離的距離，雙刀重複互擊。鬼燈上半身後仰避開敵方的長劍，一句「走開吶！」踹飛敵人的腹部。

敵人挖削地面停了下來——其身影正是惡鬼。

『這是……鬼燈？』

不只是外表，連高度跟裝備……其一切都跟鬼燈・炎一號極其相似。

要用「一個模子印出來的」來形容也行，擋在前方的就是模仿鬼燈的「肉人偶」。

皇后種【鏡體型】襲向鬼燈・炎一號。

『這傢伙是從哪裡出現的啊！』

山武機用鋼索機動做出跳躍，某個巨物以子彈般的速度通過它的正下方。位於數十公尺前方的戰騎裝被壓扁爆碎。

『果然沒有身體吶！這個就是本體唷！』

奧爾森機一邊爬下懸崖，一邊用蘇維特畢步槍掃射出子彈。黑色血花噗滋噗滋地四處飛濺，但傷口卻立刻再生。它就是【超過二十尺的巨型手臂】。是只有手臂的皇后種——【飛腕型】，大地立即下達撤退命令。

『全機！最大戰速後撤！是皇后種！要閃人囉！』

三人開始脫離戰場。飛腕型一邊吞噬周遭的人類，一邊追在三機身後。

『這樣是犯規的吧！』

滑行的格蘭三號傳出月下的怒吼聲，在它後方的一公里處——

肉海嘯襲向這邊，放眼望去盡是密密麻麻的馬里斯群。

那是粗略估算一下也有數千隻的大行進……在半路上的戰車中隊一瞬間就被吞沒至內部，格蘭三號頭也不回地持續奔跳著。

『這種玩意兒是要我怎麼辦啊！』

月下領悟到一旦停下腳步就是自己的末日。

另一方面在盆地那邊，明星、亞蒙及玄武與國王種再次展開戰鬥。

在那之後情勢一口氣出現逆轉。

『少給我得意忘形，吶！』

宿儺發出吼聲的同時，玄武將大盾向上一撈，盾的前端刺進國王種腹部。刺耳金屬音響起，盾牌彈開了。

尾巴反擊掃向這邊，鞭擊從頭頂襲向玄武。

『咕!!』

玄武將左邊的盾舉至正上方……尾巴與盾牌發生激烈碰撞，帶來巨大衝擊。

大龜的雙足深陷至腳踝，國王種繞至玄武右側揮出利爪，五柄刀刃深深地……

刺進玄武的腹部。

刺進了在鄰人中以最強防禦力為豪的玄武的外裝。裝甲面出現銳利裂痕，利爪有一半侵入機體內部。

國王種用扭掉頭顱的勁道揮出另一隻手，玄武立刻護住頭部。國王種的爪子彈開，玄武利用重量撞飛國王種。

『八岐！』

玄武的馬尾化為大蛇，三隻機械製大蛇追擊國王種。

剎那間，一閃橫向揮出。那是尾巴的一擊，三隻蛇被一擊斬落頭部。

另一方面，國王種著地後忍受衝擊。

『去死！』

亞蒙間不容髮地從國王種頭頂伸出刀刃，它從開在空間上的隧道探出上半身。

兩柄槍劍・八咫烏的刀刃撞上國王種的後腦勺。

『咕！』──兩柄刀刃折斷。

刀刃破碎四散飛舞，亞蒙立刻發射兩門機關砲跟一發榴彈。然而槍砲攻擊並未命中國王種，而是將地面轟飛。

『什麼！』

這次反過來換成國王種出現在亞蒙頭頂……跟亞蒙一樣，打破空間障壁現身了。

「已經轉移能力！」

坐在座位上的顎立刻發動自身的異能【數秒預知(vision)】。顎的雙眼染黑，眼瞳變色為金色。這就是將數秒後的未來映照在視野中的事物，顎的視野罩上一層血色濾鏡。

眼前展開「國王種用利牙刺穿駕駛艙」的光景。

顎立刻將兩根操縱桿倒向內側。

亞蒙展開四片翅膀【四片黑衣】層層互疊，徹底防禦背部。

『咕啊啊啊啊啊啊啊！』

有如折疊蝙蝠傘般的兩片翅膀被弄破，亞蒙被拍落至正下方。

噴煙中混雜著地鳴聲，亞蒙猛然撞向地面，國王種就這樣對亞蒙展開追擊。牠壓住亞蒙的背部，將破爛不堪的翅膀扯下一片。

就在牠將手放上另一片翅膀時，明星迎面使出踢擊，在千鈞一髮之際轟飛國王種。大和用曙丸擺出正眼架勢大聲說道：

『還活著嗎！』

『如果是幼生體的話……我想還撐得下去吧。』

亞蒙起身，背部冒出火花。三架機體都確實地遭受到損害。

相對的，國王種在數百公尺前方站起身軀，然後張開血盆大嘴。

口腔內部產生粉紅色光芒，光線開始集中。

玄武躍至亞蒙與明星前方，在那瞬間，國王種從口中射出粉紅色電射。

千鈞一髮……玄武的大盾彈開了電子砲。

在曉的艦橋上，紫貴等人正收看著即時戰況。

「連線滅型的荷電粒子砲都！」

三個規格外十名數字束手無策。

人類最終兵器——鄰人三架齊上……都輕易地被逼得走投無路。

不只如此，鬼燈被鏡體型擋下腳步，星辰小隊的伴攻任務因飛腕型而受阻。另外追擊格蘭三號的幼生體群正逐漸達到一萬隻。

「果然在學習呢……只能這樣想了。」

茜一邊操控自己的控制面板，一邊如此說道。

「紫貴學姊！我驗證了處女座之淚與狄絲特布倫雙方的戰鬥影片！我認為國王種可以讓能力隨意出現，也能改變體質！」

茜讓手邊的影片跟主螢幕同步化。畫面中橫向排列了三張國王種的全身圖片，國王種分三個階段讓身體組織發生變化。

尺寸由十六公尺↓二十一公尺↓二十五公尺。

身體組織由爬蟲類的皮膚變成古代生物般的硬甲，然後像現在這樣變得跟礦物一樣硬。

「國王種在戰鬥中會改變牠的形狀。改變形狀的瞬間，狄絲特布倫的ＩＭＥ兵器就變得根本無法命中！另外牠跟處女座之淚戰鬥時也發生了類似的情況！」

茜一邊敲擊光學鍵盤一邊進行分析，數張皇后種的數據樣本一一顯示在主螢幕的角落。

「堅牢型的外甲組織，敏捷型的身體能力，線滅型的體內光學兵器，有翼型的飛行能力，跳躍型的超腿力，模仿型的學習能力與身體組織構造變化！光是曉得的就有這麼多，而且全部都凌駕於過去發現到的皇后種能力……這根本已經是**進化**了嘛！」

就某種意義而論，馬里斯擁有很好攻略的生態。

只要擊潰頭部一切就結束了——就構造而言，沒有好懂到這種地步的生物。

那麼，為何人類長達半世紀以上對國王種視而不見呢？

不讓人類那樣做的究極戰略就在於這個「超快進化速度」。

在主螢幕中，國王種用上臂擋下明星的太刀。單憑一臂就完全扛下明星以四百噸重量為傲的曙丸，茜感到戰慄。

「果然國王種已經變得比那個烏龜鄰人還要堅硬了。」

海格力斯計畫大敗後，聯合國就放棄壓制ＭＩ01目標了。

之後轉為以核彈攻擊廢棄該島嶼的方針。

美國不斷將他們持有的核彈——數量合計為二千五百枚——射向舊夏威夷島。

然而全部都被國王種射出的無差別物質消去（IME）光束擊落。

由本能產生的驚異認知能力，建構出最適當的排除法與實戰——歷歷在目，國王種將這些能力展現給人類陣營看。

而且皇后種也變得會採取一樣的行動，就像在模仿國王種似的。

人類擁有足以將地球消滅上百次的科技力量，然而即便如此，還是敵不過【國王種】這種超生物。

所以才會等到新鄰人（可能性）出現，直到今天這一天的到來。

紫貴仰望國王種，呆呆站在原地。

「明明得在事情變成這樣前……就徹底宰掉這傢伙才行的說。」

美國紐約・舊・聯合國總部大樓。

各國首腦透過光學畫面飄浮在這裡。

化為地獄的ＭＩ02目標，看不見勝算的攻略作戰——他們被迫進行最後的決斷。結論與妥協點……議論圍繞這些觀點走上毫無交集的平行線。

『讓投入ＭＩ02目標的所有鄰人的羅布林卡引擎失控，請參與此次作戰行動的鄰人持有國代表做出這個決定。』

如此說道的人是俄羅斯的阿西莫夫總統，英國大衛首相提出意見。

『那麼眾將兵該怎麼辦？在那座島嶼上還有十五萬名以上的士兵在戰鬥喔!?意思是要捨棄他們嗎？』

『現在出現了**島嶼本身就是馬里斯**的可能性。敵我的戰力差距超過十萬，而且還在持續增加中……也不曉得還有幾隻棘手的皇后種在沉眠。實體化的怪物們離開島嶼跑去外面的話，各國疲憊不堪的防衛能力有辦法撐過去嗎？』

阿西莫夫將客觀的事實擺到面前，美國的喬治總統有如投降般揉揉額頭。

『會出現百萬規模的難民喔……如果沒餘裕接納鄰國的話，就會頻繁發生國境間的戰鬥吧。如此一來，國家之間的紛爭就會接二連三地爆發，正如作戰籌劃家所預言的那樣，人不會被馬里斯消滅，而是會因為人類之間的鬥爭而走上滅亡的道路。』

聽聞此言後，中國的王總督事不關己地撂下話語。

『這是把問題擴大解釋吧！這件事已經遙遙超過瓦萊塔條約的責任範圍了！追根究柢的說，這原本就是歐洲的問題，吾等只是就人道支援的一環勉為其難伸出援手罷了！而且我們中國還是被半強迫的！歐洲聯合有義務用適當的方式替這個作戰計畫收尾！對吧！』

王總督口沫橫飛地伸指比向大衛首相。另一方面，阿西莫夫總統則是用鼻子發出嘆息。他探頭望向王的臉龐靜靜問道：

『所以……**要怎麼做**？』

這句話讓王總督無言以對，其他首腦陣營也跟王浮現相同的想法。

大會議桌的正中央映照出ＭＩ02目標的戰況。阿西莫夫總統說的就是，自己看看這張戰域地圖的意思。

ＭＩ02目標的島嶼面積——近三成被染成紅色。相較於紅色面積，表示友軍的藍色記號實在是太少又小之又小……其戰力差距可說是絕望無比。

『請讓我——』

打破沉默的人是歐洲聯合代表大衛首相。

『聯絡陛下與女王陛下……』

不惜私下與日本交易也想要守護住的王家血脈——將其犧牲就是大衛唯一想到能替這個地獄加上蓋子的方法。

「就算被逼到走投無路，也只能用互相潑糞的方式來解決事情嗎？」

男人的聲音突然迴響在大會議室。

正面大門被猛然踹開。看到突如其來的闖入者，常任理事國的眾首腦臉龐都貼上了恐懼神情。黑衣青年翻飛黑色外套……大搖大擺地走向這邊。

「你們很開心地在聊地球的重大事件吶。」

甜點盒被扔到會議桌上，那是靜岡當地的土產。坐到會議桌的空座位上後，男子桀驁不馴地申告：

「我也來摻一腳吧。」

黑衣救世主仁・長門有如隨意走進玄關入口般闖入世界中樞。

ＭＩ02目標──東方地區山岳地帶・高處。

『等一下等一下等一下！我說等一下啊啊啊！』

發出哭音的人是柔吳，巖流・整備特裝型抬頭仰望上方。

由飛鳥主導的格蘭二號改裝作業仍然在此地進行著。

自走裝置【格蘭一號】伸出八隻操縱機械臂，飛鳥正在替格蘭二號的頭部戴上追加裝甲。

『柔吳！我現在抽不開手，想辦法對付那傢伙！』

『最好是做得到啦啊啊啊啊啊啊！』

柔吳大聲吼道，巖流發射折疊式的火箭發射器。火箭彈筆直地飛出，命中巨大黑影隨即爆炸。

三人的所在地沒有幼生體群的身影……不對，是陸續遭到抹消。

「噗喔喔喔喔喔喔喔喔喔喔喔喔喔喔喔喔喔喔喔喔喔喔！」

出現在三人面前的巨象——是全長超越三十公尺的象型皇后種。

是親衛隊皇后種【亂食型】。

巨象用三根長鼻子毫不挑食地陸續吞噬附近的生物，鼻穴一個接著一個吞入土兵種。而且牠也用長鼻子抓住城堡種，一頭咬掉上半身。

在山岳下方，戰騎裝護衛部隊也跟柔吳一樣重複射擊。

『伏見同學！我們快逃吧！這種東西是應付不來的！』

『我說啊，格蘭（這個）可是我打造的唷？就是因為拳擊手跟鳳凰腳程都很慢逃不掉，我才像這樣努力地做著可行方案的不是嗎！』

『這種話妳要早點說啊！親愛的！找一些東西裝到格蘭上面！』

『等等等！別擅自亂弄！裝備耐火裝甲的話，這次換成要把主機械臂移下來才行了！』

在日向與飛鳥爭論之際，巖流也拾起它看到的武裝不斷對亂食型發動砲擊，然而這樣卻只是杯水車薪，牠的腳步根本沒有要停下的樣子。

『向曉那邊請求支援了吧!?不過要對上那東西，就算是鄰人也很勉強吧!?』

亂食型揮舞長鼻子，每踏出一步就會弄出深度達數公尺的足跡。牠與三機的距離不到一百公尺了。巨象的鼻子伸向三機的所在地山丘這邊。

『可惡——可惡！』

巖流用手舉起巨鎚。

『別過來這裡啊啊啊！』

柔吳用玉石俱焚的覺悟對象鼻展開突擊。

『聖鎧的——！』

男人的聲音突然響起，它撕裂天空，燃燒噴射火焰急速接近這邊。

『天拳！』

聖鎧士(palatin)之拳刺進巨象的臉頰。

五十公尺的巨軀開始搖晃，亂食型緩緩失去平衡，朝地面崩落。

化為剛彈的前臂返回手肘，它踏出過分強悍的一步……來到現場。

『已經沒事了。』

重返戰場的是歐洲的最終兵器——白色王機・處女座之淚。

『茜的友人就是諸位嗎？』

『啥啊!?我很忙喔，你是誰！』

飛鳥口吐怨言回應，柔吳的巖流立刻拍打格蘭一號的頭。

『笨蛋！這個人！不對！這位是！』

『處女座之淚……該不會是克里斯托法皇太子吧!?』

受損的處女座之淚挺身擋在亂食型前方。在鄰人的修復機能下，雙腕已經復原的跟新品一樣了。

處女座之淚身上開始冒出光之鬥氣【武裝能源】。

『余受茜所託過來這裡吶……要在蜥蜴之前擊退大象。』

王機與巨象互相瞪視，亂食型的全長足足多出處女座之淚兩倍以上。

『欸……覺得這個人看起來好像很偉大呢？是哪位？』

『不是好像很偉大，是真的很偉大啦！』

巖流再次拍打格蘭一號的頭部。克里斯托法無視兩人，用重低音做出宣言。即使面對盡是絕望的戰場，他仍然沒有放棄。

『十萬的戰力差距？只要余補上十萬人份的工作量就行了。有其他皇后種現身？余會將牠們盡數屠滅。』

處女座之淚再次將右手巨拳舉至耳後。

『余也是，**那個東西**也是……都還沒有徹底放棄吶！』

處女座之淚與亂食型的戰鬥開始了。

仁把雙腳翹到會議桌上，用手壓住耳邊。

『中央管制室，壓制結束』『西棟，通訊室已壓制』『這裡是強襲班(reinhard)，識別到首都防衛部隊，即將進入遭遇戰』『這裡是——』

每秒都會傳來作戰成果報告，櫻之劍已逐漸掌握這棟舊・聯合國總部大樓。仁在腹部上方雙手互握。

「『不論躲在地球上的哪一個角落，我都有辦法殺掉你們。』記得之前我說過這種話……今天試著實際演示看看吧。」

剛好在現場的首腦陣營只能倒吸一口涼氣。雖然沒有重要人物坐鎮，這棟大樓仍是聯合國軍最重要的設施之一，其防備措施也非完美不可。然而——

「我登場的有點不起眼，在此先致個歉吧……哎，原諒我囉。」

常任理事國的總統們臉色發青，其中以美國喬治總統更是心裡七上八下。他會這樣也很正常，畢竟作戰開始前他就呼籲各國殺害仁・長門並且對櫻之劍進行鎮壓。仁用中指將墨鏡向上一推。

「別這麼警戒，我今天並不打算要對你們怎麼樣。」

仁確認首腦們的臉龐。

看到的是非常任理事國……進一步地說是沒有鄰人的——在瓦萊塔條約下處於弱勢地位——各國首相們。

「我為數不多的缺點就是……無可救藥的慈悲為懷吶。我想你們之中也有人想離開快沉下去的UN（泥船），跳到櫻之劍（我們）這邊喔。所以我是過來宣傳的，這也算是一種示範吶。」

仁開始竊笑，他要揭露世界尋求至今的真相。

「對每個人都有好處的話題……今天我就來把鄰人的相關情報講給大家聽。」

ＭＩ02目標——西區塊・某處。

這裡是變成灰色的山岳地帶之一。岩石表面遭到粉碎，形成巨大洞窟。在洞窟深處沉眠的是——受傷且疲憊不堪的黑色魔獸。

『整流器穩定，腦部機械界面連接良好，機械臂，修復結束・二十八隻，未修復・四隻。便利裝置，發電機輸出功率調整中。意念即時火器管制，百分之四十為手動操作。』

點亮在洞窟深處的光芒——由綠轉紅，然後變成珍珠白。

『Neighbor-01，狄絲特布倫，重啟。』

洞窟入口處的岩石邊緣處……爬出無數條鋼鐵藤蔓，巨大巫婆帽來到外面。

『走吧，小黑。』

眼部攝影機的珍珠色白光漸漸變強，又有一個希望回歸到戰場上。

魔女賽蓮汀娜・安格畢司與魔獸狄絲特布倫——魔女之零(witch・zero)朝敵人之海出擊。

仁開始揭露的是舞臺後臺的事情。

「二〇一八年初期馬里斯散布在世界各處，人類沒有攻略皇后種的手段，在牠們有如遊擊隊般的襲擊下人口不斷減少。面對上百萬人規模的難民，無法維持治世的都市陸續出現。就這個世界而論，可以說是馬里斯災害最為擴大的一年。在這種暗黑期中——」

「登場的就是鄰人。」

常任理事國的首腦們不肯跟仁四目相對。

這次之所以採取線上會議的形式，其理由也是因為擔心會出現**這種狀況**。

「世界各地突然開始發現鄰人規格的機體……有的沉入深海，也有的是在古代遺跡裡找到的。用放射性碳定年法測定後，發現有的機體早在四千年前就已經存在，因此那些偉大的學者們甚至開始認真討論鄰人是『古代文明遺產』啦『海底人製造的兵器』啦這種ＳＦ的話題。呃──」

仁聳聳肩表示「有點岔題了」。

「哎，事情雖然變得像是偶然發現的，但其實是我們將鄰人各機的所在地，透露給看起來能夠好好運用它們的國家吶……連同攻略馬里斯的線索一起。」

處於弱勢地位的各國首腦發出騷動聲。

得到鄰人的國家一定跟「傳訊者」接觸過。有的國家是神，有的國家是救世主，另外有一個國家帶著敬畏之意稱呼他為「黑鳥」。

而那個黑鳥，就是在此地的仁．長門。

「不過……齒輪漸漸出現偏差。」

如此說道後，仁用靴跟撞擊桌面。美國喬治總統嚇了一跳抬起臉龐，仁用帶有壓迫感的視線瞪視喬治。

「就是在說美國（你們），給我聽好。」

二〇一八年是人類取得手段反攻馬里斯的歷史性的一年。

而且……美國神話也是在這一年開始的。

「你們得到『人類存亡危機』這面正義大旗後，以擊破皇后種為藉口在世界各處進行各式各樣的武力介入。殺紅了眼收集散布四處的鄰人，在全世界因馬里斯問題而忙得不可開交之際，可以說你們是少數從中取得私利的國家。」

當時人類只擁有使用核彈攻擊皇后種的這個攻略手段。有除此之外的選項出現，這個事實有多少軍事價值不言而喻。

「那個傳訊者應該一而再、再而三地說過才對。聚集擁有刻印的人，另外也要找尋擁有兩個刻印的人。還有……『人類團結一心，對抗馬里斯』。」

然而美國卻無視這個訊息。不只如此，他們還為了追求本國利益而開始利用鄰人跟赫奇薩。

「你們誤以為自己變成神，不公開赫奇薩與鄰人的祕密，而是將世界引導至迫害赫奇薩的方向，而跟風的傢伙也就這樣一國又一國地增加了。」

仁將視線望向常任理事國的首腦們。

「然後人類就在海格力斯計畫中吃下了慘痛的反擊。」

極端地說，人類的自大造成上億人規模的犧牲者。

仁在這邊先告一段落後，一個首腦開了口。

『為何……』

仁將視線移向發言者，那是瑞典的女首相。

『如果這就是問題所在的話，為何你們不在早期就公開祕密呢？』

喬治總統嚴厲地瞪向她，仁用鼻子發出冷笑。

「因為有這樣做而失敗過。」

仁的措辭讓數人皺起眉頭。

「在那次失敗後，我們就決定只給予最低限度的情報……人愈是處於未知不明，行事就愈是慎重。實際上就這個世界而論，失控的國家也成功控制在只有幾國的情況下吶。既然計畫已經順利執行，我們就不打算重啟了。」

瑞典首相有如要停止話題似地揮手，她浮現冷汗提問：

『請稍等，稍等一下。您左一句「失敗」右一句「重啟」，為何用這種像是**已經看過一切**的語氣說話呢？』

這是理所當然的疑問——而且就是這一點直接關係到仁等人的祕密。

仁拿下墨鏡扔到桌上，仁・長門同冰室夏樹——

「因為我是來自未來的人類吶」——初次公開了自己的真實身分。

「鄰人是在未來的世界製造後，再拚命傳送到過去的世界的，事情就是這樣。」

戰場燃燒，燃燒。紫色大地被人類的死亡、火藥帶來的火炎，以及一大堆怪物所掩埋。人的生命，思念……被馬里斯毫不留情地蹂躪。

在曉的艦橋上，以即時影像映照著這副模樣。

——紅色記號不斷增加，漸漸侵蝕戰域地圖。——在島嶼四周，護衛艦的反應一個又一個地消失。——散布四處的藍色記號群逐漸被紅色記號團團圍住。

為了反抗被壓制的戰況，紫貴不停發出指示。

「讓E5與B13的戰力會合！要放棄C地區了！」

『瞭解。』

阿波羅尼亞斯回應紫貴的命令，紫貴的臉頰與脖子流下汗水。不斷吼叫讓喉嚨乾澀，然而紫貴並未停止思考。

如果自己在這裡死心放棄，映照在眼簾上的生命燭火就會被輕易吹熄。

「唔!?」

紫貴吃驚地抬起臉龐，其他船組員也察覺到那個存在。

小小的一個藍色記號——它以猛烈速度衝進紅色記號群。

藍色記號的種類是鄰人，其形狀為「巫婆帽」。

「賽蓮!?」

巫婆帽記號朝星辰小隊所在的戰場地區移動。

奧爾森機有如抽筋般震動頭部，不久後風神特裝型無力地垂下頭。奧爾森機從腹部以下都被巨大腕型皇后種【飛腕型】壓扁了。

「奧爾森！！！」

大地與山武的悲鳴聲響起。

奧爾森機被飛腕型釘在崖上，馬里斯幼生體群紛紛聚到它的腳邊附近，士兵種開始攀登九十度的懸崖。

『給我回應啊！喂！』

『駕駛艙區塊沒被壓扁！要上了！』

兩機展開星塵之翼，沿著岩壁直上，蘇維特畢步槍也一併噴出火炎，將開始攀登懸崖的士兵種一一擊潰。

飛腕型無視這一幕，逕自張開手。超過十公尺的手，在掌心長著兩張嘴。飛腕型緩緩逼向被釘在崖上的奧爾森機。

『快醒醒啊奧爾森！』『不行了趕不上！』

大地機與山武機提升飛行速度，然而與奧爾森機的距離還是有一百公尺以上，此時有彈道飛彈……從後方追過兩機。

飛彈命中山崖下方，絕壁崩塌，正在攀爬的士兵種紛紛掉落。被釘在崖上的奧爾森機也跟著墜落，逃離飛腕型的魔掌。

山武機讓推進器進行最大噴射——飛向奧爾森機。

『趕…………上了啊啊啊！』

山武機在半空中抓住奧爾森機，大地機有如守護其背部似地一邊射擊蘇維特畢步槍一邊在空中滑行，接著滯空停在原地。

『這個，反應是——』

三機頭部被大大的黑影覆蓋，影子從三機上方通過，朝飛腕型突擊。

狄絲特布倫用最大噴射，整個身軀撞上飛腕型。這次反過來換成是飛腕型被釘在崖上了。狄絲特布倫用機械手臂束縛住飛腕型。

『狄絲特布倫!?』『是小不點嗎！』

狄絲特布倫播放出賽蓮賭上性命的覺悟。

『再也不讓、你們殺害任何一人！』

「話說回來，鄰人的語源就是來自於鄰居（neighbor）。」

仁他們抱著某個心願，不斷將鄰人傳送至過去。

「它是以人類無視國境人種還有國家利益，攜手合作為前提製造出來的。」

兩個飢餓的人分到一塊麵包，要如何處置麵包全由當事者決定。

可以由一人獨享，另外也能兩人一同分享。

「立於人類身邊的存在……不管有多大的苦難來襲，都會一同前行直到最後一刻。我們就是抱持著這種感性心願，將人類最後壁壘命名為【鄰人（neighbor）】的。」

數量有限制的鄰人（希望）——人類不是選擇分享它，而是決定要用在私欲上。

「因為我們知道不這樣做，就贏不了馬里斯。」

『咕嗚嗚嗚嗚嗚嗚！』

狄絲特布倫在跟飛腕型拔河，飛腕型試圖逃離狄絲特布倫的機械手臂。啪嘰！機械手臂一一斷裂。

『小黑！加油！』

狄絲特布倫的眼部攝影機發出珍珠白光，飄浮在背後的其中一根鐵塔猛然豎立。鐵塔從試圖逃離的飛腕型的正下方插了上去。

『好用的東西！』

鐵塔變形成「女巫魔杖」，以零距離產生黑色破壞光。

『消失吧啊啊啊啊！』

大口徑ＩＭＥ加農砲發射黑色破壞光……飛腕型自身的存在遭到抹除。

「未來世界（我們）無視國境與人種攜手合作，是在地球人口低於五億之後。」

仁帶有自嘲意味地笑道，各國首腦屏氣凝神地傾聽話語。

「國民性、優劣意識、固有的概念……即使面對共同的敵人，人還是無法完全控制住人擁有的情感吶。取那個名字時，也加入了對人類的愚昧自省的意義在裡面。」

如此說道後仁脫下手套，將刻劃在六角形刻印上的數字【０】展現給他們看。

「然後駕駛鄰人的人必須踏上荊棘之道……無止境地拯救。」

格蘭三號衝過一道又一道的幼生體群大浪——每顆飛沫都是士兵種、是城堡種、是雄騎士。失去單臂的鋼鐵野獸即將面臨末路。

『這裡就是，終點嗎！』

就在數十隻馬里斯壓扁格蘭三號……整個機體消失在肉海的那時。

『月下！』

三隻機械手臂插進肉海，狄絲特布倫用「一本釣」的方式從肉海中釣起格蘭三號。

『狄絲特布倫!?是賽蓮小姐嗎！』

狄絲特布倫有如要將格蘭三號藏起來似的，將它綁在腹部上，然後同時展開機械手臂，奧爾森機的駕駛艙區塊也同樣被牢牢綁在腹部上。兩架風神特裝型從狄絲特布倫的背後竄出。

「『唔喔喔喔喔喔喔喔喔喔喔喔喔喔喔喔！』」

大地機亂射左臂的榴彈砲，山武機則是擊發攜帶式火箭發射器。狄絲特布倫後腦勺——四十四門飛彈艙口——有半數開啟。

『飛彈！最大效果的一半就行！』

狄絲特布倫讓眼部攝影機發光，大量飛彈擊發。二十三道黑色破壞光束也一併伸出。狄絲特布倫將周遭一帶一起燒光。

「其奉獻將成為人們的典範，被守護的人們也會用服務精神回報駕駛員。彼此互相關心，給予『鄰人（neighbor）』『手足之情（brotherhood）』，稱呼鄰人駕駛員為『守望之人（鄰近者）』喔。」

仁在今天初次展現怒容。

「你們卻將這樣的存在趕去最底層……親手將拯救的鑰匙丟進水溝裡了。」

鬼燈・炎一號被吊在半空中，山寨版鬼燈【鏡體型】用長到異樣的雙手掐住鬼燈的脖子，鬼燈其中一顆眼部攝影機爆開了。

『放開！放開！放開！』

鬼燈不斷猛踩皇后種的臉龐，然而鏡體型卻毫不膽怯。模仿鬼燈頭部的惡鬼臉龐上——那張噁心的血盆大嘴腥臭地張開。然而……惡鬼的肉人偶卻被——

『真沒出息呢！一號隊！』

格蘭三號用身體衝撞。

鏡體型大大地失去平衡，鬼燈雙肩的推進器噴出火焰。拘束力放緩，鬼燈一口氣脫離。另外幾乎在同一時間，格蘭三號的背部縱向分開。

『這是最後一擊！賞給你吧！』

野獸背部吐出霰彈，偽鬼燈的體表血花飛濺。

『就是現在，王牌！』

格蘭三號跟鏡體型拉開距離，與鋼鐵野獸交錯而過的是藤蔓斬鐵刀。

『嘿呀啊啊啊！』

狄絲特布倫的機械手臂將鏡體型一刀兩斷。

在曉的艦橋上，茜獨自低喃。

單機，有人用區區一機反抗這個絕望。

「……好厲害。」

「orge 1－monster 5－star 01‧02‧03 各員！生命跡象已確認！臭蟲們都還活著！」

田中以高語速如此報告，紫貴跟雷鳥也失神地望著它。

「曾經那麼孱弱的那個孩子……」

正是因為雷鳥知道她是怎樣的一個人，所以才會如此低喃。

「賽蓮……」

紫貴在那副英勇奮戰的身影上，看到昔日英雄的影子。

『唔哇啊啊啊啊啊啊啊啊啊啊啊啊啊啊啊啊啊啊啊啊啊啊啊！』

在主螢幕上面，狄絲特布倫正在戰鬥。

敵人是有一千五千還是一萬呢……。狄絲特布倫沉浸在大群敵海中，以烈火之勢拚死命奮戰。

就算裝甲遭到啃咬，即使機械手臂被拔斷，就算外裝被掀開。

狄絲特布倫也沒有停止。為了粉碎幼生體群，它不顧一切地堆疊著屍體。

鬼燈、山武機、大地機在狄絲特布倫後方進行掩護射擊。

賽蓮拚命守護著的是她一路撿回來的、同伴們的性命。退路遭到阻斷，主動投身於大群敵海之中。

魔獸不論受到多少傷都沒有停下，魔女也無止盡地前行。

『茜！』

主螢幕傳來賽蓮的影像通訊，拚命的模樣讓茜有那麼一瞬間差點被震懾住。

『讓葵她們逃走！在這種情況下！小黑無法盡情戰鬥！』

「可、可是！」

就在茜猶豫不決之際，微微出現的破綻將賽蓮逼入絕境。

『呀啊啊啊啊啊啊啊啊！』

賽蓮壓住左眼大聲慘叫。在主螢幕上，士兵種弄破了狄絲特布倫的一隻眼睛。

紫貴立刻代替茜做出決定。

『葵！一分鐘後帶著四人後退！我會把支援砲火調過去！』

主螢幕也映照出葵的表情。

『少！少說蠢話了！意思是要把賽蓮一個人丟在這種地方嗎！』

『蠢的是你喔！如果妳不在的話，要由誰來保護那四人啊！亞賀沼同學跟江藤同學都早就超過極限了唷！』

紫貴毫不隱藏情感地吼回去，葵露出打從心底感到懊悔的表情緊咬唇瓣。淚水漸漸累積在眼中……她對賽蓮說道：

『鬼燈，脫離現場！賽蓮！絕對不可以死掉喔！』

影像裡的賽蓮從左眼流出血淚，她微微一笑朝葵輕輕點頭。

『阿波羅尼亞斯！』

在紫貴的信號下，開始對狄絲特布倫周圍進行掩護砲擊，葵等人一起撤離。

ＭＩ02目標的狀況也依序傳送至安全保障理事會那邊。

在畫面另一側，部下們向王總督報告。

『總督！吾等的守護龍，大太龍正與三隻皇后種交戰中！目前無法撤退，其損害也極大！繼續戰鬥下去恐怕有困難！』

『王八蛋！』

王整個人抓狂猛搥辦公桌，另外壞消息也傳到英國的大衛首相那邊。

『伊莉莎白女王的回收部隊聯絡中斷，正在搬運的鄰人殘骸被失控的幼生體群吞沒……目前正在組織搜救隊。』

大衛首相頭垂得低低的。時間過得愈久，情況就愈是急遽惡化。是下定決心了嗎？阿西莫夫總統在畫面上微微嘆氣。

然後，仁有如看準時機似地搭話。

「對了……剛才你們談到要讓鄰人自爆吶？」

阿西莫夫閉上嘴巴，喬治總統猛然望向仁那邊。

「這是忠告，絕對別這樣做。」

仁加重語氣提出警告。

「問題在於它使用的**原料**……你們打算進行的事情並非『失控』，而是『解放』。不但不會引發什麼爆炸，鄰人甚至還會對人類露出獠牙喔。」

仁的話語讓鄰人持有國的首腦們面如白紙，喬治一個人喃喃自語。

『那麼，鄰人果然是……』

仁將手伸向自己帶來的伴手禮，開始撕破盒子的包裝紙。

「其實我甚至希望你們感激我呢。為了不讓傻子們一知半解地做出武斷決策失去貴重的鄰人，我才特意像這樣主動跑一趟的喔。」

場所雖然不同……但絕望也造訪了安全保障理事會。

「雖然會變得像是在鞭屍……不過你們這些傢伙太小看馬里斯了。」

人類手頭上——已經沒有反攻的手段了。

在曉的艦橋上，紫貴正在安排部隊支援賽蓮。

「讓P至O地區的部隊過去掩護狄絲特布倫！快點！」

『請再次考慮，部隊損耗率為百分之三十，在移動中全滅的機率為百分之八十四。母親，冷靜啊。』

阿波羅尼亞斯如此回應，紫貴難掩焦躁，對操作員大吼：

「既然如此，就從L地區派兵！發出重組命令！」

「別做無理的要求！剛剛才撤回來的吧！妳以為是被幾千隻包圍啊！」

老操作員也吼了回去，就在此時，田中提出報告。

「飛行艦！神盾艦！都被擊沉了！會長不行的！艦砲支援也崩潰了！」

紫貴咬住食指的肉，血線沿著美麗手指滑下。

「特務！已經夠了！算我求妳了，請妳撤退吧！」

茜在旁邊不斷對賽蓮發出撤退命令。

「都說已經夠了吧！給我乖乖聽話啊妳這笨蛋！」

一直……邊哭邊懇求。

在正面的螢幕上，狄絲特布倫依舊一夫當關地擋下大群敵人——

（殺！）

——狄絲特布倫的機械手臂，有如鋼鐵細索彈開般被拔除。

（殺！殺！）

——士兵種有如要覆蓋漆黑軀體般爬了上來。

（全部殺掉！小黑！）

——大口徑IME加農砲的砲身被兩隻城堡種咬斷。

（全部殺掉！跟大家一起回去！）

後腦勺的艙門開啟，最後一批飛彈擊發。業火連同狄絲特布倫一起焚燒幼生體群，渾身是傷的魔獸飛身撲進新的敵海之中。

『嗚哇啊啊啊啊啊啊啊啊啊啊啊啊啊啊啊啊！』

賽蓮悲痛的吼叫聲孤獨地迴響在戰場上。

仁將黃色的海綿蛋糕放進嘴裡。

「現在全世界正因馬里斯活性化大舉侵入而亂成一團。連說出這些話語的我都得盡好鄰近者的本分，雖然我想立刻加入那場大戰爭……」

仁舔掉沾在手指上的奶油，用食指比向戰域地圖。

「這個狀況正是避開就會走不下去的緊要關頭。」

馬里斯的數量達到三十萬，相對的友軍數已不到十萬。

「人的情感愈是強烈……那個就**愈會變強回到這裡**。」

同一時間——在某處。

黑漆漆的空間裡有光點，那是櫻之劍藏起來的軍事武器控制管理室。兩個英文輪流顯示在操控面板上。

『select code』『Eirun Bazzat』

突然……漆黑空間亮起畫面，畫面擅自播放起動畫。

「臭男人們是在幹麼啊！」

艦橋上的紫貴用激動語氣大吼，正面的螢幕立刻切換畫面。

然後，包含雷鳥在內的船組員們都啞口無言。

「鄰人16號機、15號機……都沒有反應。」

田中用從喉嚨擠出聲音的語調如此報告，映照在畫面上的是玄武跟亞蒙橫躺在地的身影，而且明星也……

「連七扇先生都……」

茜唇瓣顫抖。在畫面中，明星軟弱無力地垂著四肢。

英雄機的腹部被貫穿……國王種高高舉起右臂。

明星、亞蒙、玄武敗北的消息也傳到安全保障理事會的耳中。

『即使用上 EIRUN CODE 的鄰人……也還是不行嗎！』

喬治總統亂抓亂搔地抱住頭，其他首腦陣營也臉色蒼白。

現場所有人都正確且冷酷地理解到一件事。

如今的這個瞬間——人類的完全敗北已成定局。

「……現實總算正確地傳達給你們了呢。」

仁眺望他們消沉的臉龐，然後重新望向戰域地圖。

「你們之所以能露出那種表情，就表示在那個戰場上，士兵們肯定身陷恐懼漩渦之中吧。」

仁把翹著的腿放到地板上，翻飛外套站起身軀。

「所謂的恐懼，就是出自本能的心靈叫喊。是人擁有的、毫無掩飾的生存欲望。這種情感的純度很高，也容易變成堅固事物……所以**它**會把恐懼（那個）當成指標。」

仁重新戴上手套，開始準備戰鬥。

「配合匯聚的恐懼，選擇戰勝敵人的『記號（code）』。」

在最後，仁拿起放在桌面的墨鏡。

「因此它被取名為……【惡夢破壞者（nightmare・breaker）】。」

賽蓮忽然想起很久以前的事情——

＊＊＊＊＊

「小黑！還，來！」

賽蓮將手伸至頭頂，不停蹦蹦跳跳。每次賽蓮的手只要一靠近，白色海豹的布偶就會輕盈地遠離。狄絲特布倫用機械手臂捲住布偶的尾巴，賽蓮瞪大眼睛，雙手扠腰。

「小黑好壞！吃醋好遜！」

那一天，賽蓮把剛洗好的布偶帶到格納庫。

她把變乾淨的布偶秀給狄絲特布倫看，又在它面前疼愛布偶，結果狄絲特布倫卻一把搶走布偶。被賽蓮凶了幾句後，狄絲特布倫的眼部攝影機從珍珠白轉為藍色。它伸出機械手臂，把布偶還給賽蓮。

就算接過布偶，賽蓮也沒有心情好轉，發出「唔～」的聲音表現怒氣。

然而……看著狄絲特布倫的眼部攝影機，就會產生一種它好像在難過的感覺。罪惡感超越憤怒，賽蓮把布偶放到地上，做出萬歲的動作。

狄絲特布倫有如事先講好般伸出機械手臂，溫柔地舉起賽蓮的身體，接著賽蓮催它「再近一些」。

賽蓮不斷催促「再近一點再近一點」，最後被搬到狄絲特布倫的臉龐前方——巫婆帽的內側。賽蓮伸出手，一邊說「好乖好乖」一邊輕撫狄絲特布倫的鼻尖。

「謝謝你總是幫助我。」

賽蓮露出微笑後，狄絲特布倫發出像是動物叫聲的馬達驅動音。

「跟喜歡小白一樣……我也很喜歡小黑唷。」

就這樣，狄絲特布倫的眼部攝影機變回漂亮的珍珠白——

＊＊＊＊＊

三百六十度螢幕的每一寸都出現裂痕，有好幾個畫面潰散出現雜訊，機內照明也即將斷電。

潰散的畫面發出淡淡光芒，照亮渾身是傷的賽蓮。

（對了……）

是從何時開始，變得不會回頭望向自己那重要的半身呢——賽蓮如此心想。

（得好好，誇獎，才行。）

賽蓮緩緩伸出痙攣的右手，無力地輕撫出現裂痕的水晶組件。

「好，乖，好乖。」

賽蓮用細不可辨的沙啞聲音……打從心底誇獎狄絲特布倫。

「非常地，努力，呢。」

左眼流出血。

自從變成生物體操作終端機（生物遙控器）後，與狄絲特布倫之間的痛覺連結就大幅得到緩和。然而即便如此，如今賽蓮全身仍流竄著像是被活活剝皮般的劇烈痛楚。

「來吧，小黑。」

賽蓮滿身創傷，就這樣把手放上水晶組件。

雖然意識朦朧，賽蓮仍是感受到不自然的感覺。就算觸碰水晶組件——狄絲特布倫也沒有反應。

「……小黑？」

賽蓮二次、三次地觸碰水晶，然而狄絲特布倫卻沒有回應。

「要走了，醒醒。」

造訪的是寂寥心情……為何自己沒能察覺到呢。

賽蓮的右眼開始滾出淚珠。

『因為，小黑很……溫柔。』

賽蓮的聲音迴蕩在遍地屍骸的戰場上。

『總是，幫助著我。就算大家都不見了……小黑還是一直，陪在身邊。這種事明明不是，天經地義的說……』

賽蓮的聲音漸漸被淚水弄溼。

被機械油與馬里斯血液弄髒的狄絲特布倫——其損傷相當駭人，變成獨眼的眼部攝影機的燈光熄滅了。

三十二隻的機械手臂失去半數以上，每一寸外裝都向外翻起，或是被咬掉，四根鐵塔中有三根被弄壞變成廢鐵。

沒有活著的馬里斯。狄絲特布倫在如此短暫的時間內殲滅了一萬多隻的幼生體群，然而——

『小黑，一直，很痛，很難受……我卻，只在意自己。』

狄絲特布倫傳出賽蓮的嗚咽聲。

『一點也，沒把，小黑的事，放在心上。』

魔獸渾身是傷，在屍體上漂蕩——狄絲特布倫的機體已經到極限了。

「小黑，保護了我。一直都……為了不讓，我死掉。」

賽蓮在駕駛艙內啜泣。

「然而，我卻，一直，想要，去死……對，不起，對不，起！」

另一個視窗突然開啟……映照出有雜訊的戰域地圖。

大量幼生體群正朝這個地方接近而來，是敵方的增援。

而且————也有好幾個巨大物體被丟向正面的螢幕。

「…………」

賽蓮抬起因淚水而溼潤的臉龐，被丟到迪絲特布倫前方的是中度破損的明星、玄武，以及亞蒙三機。最後……牠降臨了。

是擁有鋼鐵堅甲與龍尾，長著龍翼的黑龍人。

絕對種・國王種現身。

『金，髮，快逃。』

壞掉的通訊器傳來斷斷續續的聲音，是倒在眼前的明星傳來的。

『能動嗎？能……能動的話，立刻，撤離！』

明星在螢幕上站起身軀，駕駛艙響起大和的聲音。

「我會想辦法爭取時間，讓妳逃走的！」

明星弄出摩擦鏽鐵般的聲響，伸手握住曙丸。

（已經……結束了？）

右眼流出淚水，左眼流出血淚……賽蓮捫心自問。

世界果然很殘酷，再度試圖從自己手中搶走一切。

（這樣就……結束了嗎？）

賽蓮的右眼滾出大粒淚珠，她感到難以自處。

懊悔、悲傷、寂寞……胸口好像要爆裂開來似的，就在此時。

「我是從月球過來的。」

突然播放起一個影片，賽蓮瞬間腦袋一片空白。

「是從不同於這個世界的月球，搭乘艾菲娜來到這座島上的。」

「……夏樹？」

這是冰室夏樹，也是艾倫．巴扎特留下的視訊信件。

仁再次戴上墨鏡。

「黑暗時代……不論在什麼時代中，人都會尋求『象徵(symbol)』。所謂的象徵有時是神，有時是英雄，有時是先驅。也就是說，人們會依照自己心中所想的救贖去描繪『記號』，然後開始打從心底希望那種存在會登場。」

安全保障理事會的成員們默默凝望黑衣救世主的背影。

「我們從這邊找出了活路。」

仁的雙目交雜著憤怒與喜悅——這兩種截然不同的情感。

「**20號機**……會從人類的情感中擷取最適合根絕馬里斯的記號(code)。」

『賽蓮，我會從這個星球上將馬里斯一掃而空，絕對會的。然後我會拯救妳，還有無辜的人們。』

「小黑？」

賽蓮開口搭話，狄絲特布倫繼續播放影片做為回應。

『我答應妳，如果妳被弄哭……又沒人能夠對付那個傢伙的話，不論在世界上的哪個角落我都會飛奔而來，把弄哭妳的傢伙揍飛到星星的另一邊。』

狄絲特布倫的意圖傳達給賽蓮了，這隻溫順的魔獸在說「呼喚他」。

「都說了……夏樹已經，不在了。」

賽蓮寂寞地低喃。視訊信件播放結束後，狄絲特布倫擅自倒回章節。

『我是從月球過來的。』

賽蓮說出已經講給狄絲特布倫聽過無數次的話語。

「死掉就來不了的，不會過來救我的。」

賽蓮親眼看到他在自己面前遭到殺害。

當時，狄絲特布倫的觀測數據直接流進了賽蓮腦中。

那個數據讓他的死亡變成不可變動的定局。在心靈提出反駁前，就將真相硬生生地擺到面前……告訴賽蓮他已經不會回到自己身邊了。

『金髮，快點走啊啊啊啊啊！』

駕駛艙響起大和的怒喝聲，畫面立刻切換。

明星抱住國王種的腰部，雙腿的腳跟挖穿屍骸血肉，翻開位於下方的土壤。大和絞盡殘餘之力，試圖壓制住國王種。

『妳死掉的話……我就沒臉去見艾倫（那傢伙）了吧！』

大和發出的怒吼……摻雜著淚水。

仁壓住耳畔，開啟通訊線路。

「是我，接下來要開始**正式**作戰行動……把月球（moon）降下來。」

『這裡是阿道夫，瞭解。那就去救狄絲特布倫（渾身是血的公主）吧。』

仁將手移開耳畔，王總督臉色大變質問仁。

『你打算幹什麼！剛才有說20號機吧！所謂的作戰究竟是指什麼！』

仁水平伸出右手大喊「過來！」

魔人的黑腕貫穿大型會議室，亞門特的手臂有如列車般抵達仁的背後。

「一旦被逼入絕境生命面臨危機，人的選擇就會受限。是放棄，或是接受死亡，還是變回求生的野獸……又或者是——」

仁臉上依舊貼著虛無笑容，就這樣編織出最後一句話語。

「將願望託付給其他人（神）。」

仁他們【櫻之劍】的企圖迎來了最終局面。

（這樣下去……會死的。）

紫貴也是、葵也是、茜也是、大地也是、奧爾森也是、山武也是、月下也是、日向也是、柔吳也是、雷鳥也是、飛鳥也是、大和也是，所有人都會……。此處已經沒有守護他們的人了。

這樣下去一切都會被國王種、被馬里斯毀掉。

「這種事，不要……絕對，不要。」

賽蓮的心變回無處可去的孩童，此時再次。

『賽蓮。』「唔！」

破裂的畫面再度映照出——最喜歡的人。

「夏，樹。」

淚水湧上賽蓮的眼睛。一說出那個名字，情感就變得無法遏止。

『我答應妳，如果妳被弄哭……又沒人能夠對付那個傢伙的話，不論在世界上的哪個角落我都會飛奔而來，把弄哭妳的傢伙揍飛到星星的另一邊。』

「對不，起。」

賽蓮對畫面中的艾倫搭話，她只能想到那個做法了。

『把弄哭妳的傢伙揍飛到星星的另一邊。』

「我，是……不行的。」

賽蓮掉落的淚水漸漸累積在膝蓋上，大大的悲傷覆蓋賽蓮的表情。

「夏，樹。夏樹。」

只要自己哭泣，那個人就必定會飛奔到身邊。

自己心愛不已的他——絕對會過來止住這些淚水的。

「拜託。」

『妳遇見的夏樹……是只屬於妳的同伴。』

冰室夏樹，不對，艾倫·巴扎特不論何時。

「救救我，夏樹啊啊啊啊啊啊啊！」——都會是賽蓮的同伴。

漆黑空間播放動畫影片。

所謂的動畫，是【玩偶·華爾茲·鎮魂曲】第一季跟第二季的剪輯畫面。影片有如快速播放般不停流轉。

『救救我，夏樹啊啊啊啊啊啊啊！』

賽蓮的聲音迴響在漆黑空間中。

畫面的光度漸漸增加，動畫影片被光芒吞沒變得看不見了。光度達到最極限後……黑色空間染上白色。

光芒漸漸停遏，黃色的後方螢幕上顯示出其他電光文字。

『發射結束，鄰人20號機【惡夢破壞者（nightmare · breaker）】再次啟動。』

那兒清清楚楚地寫著一個角色的名字。

『選擇記號——艾倫·巴扎特（eirun Bazzat）。』

『咕喔喔唔喔喔喔喔！』

明星被轟飛至數百公尺前方的岩壁，其身軀深陷岩壁之中。

排除礙事者後，國王種接近狄絲特布倫。

然而國王種卻忽然…………………………將頭部望向天空。

天空在不知不覺間變得烏雲密布，而且雲海中有閃電奔馳著。

「……嗚吼吼吼。」

國王種瞪視的是陰天——捲著漩渦的雲海中央部位。

跟國王種一樣，雷鳥等人也察覺到異變。

「這究竟是啥？」

ＭＩ02目標上空烏雲密布，中央部位有大漩渦打轉，還帶著閃電。

另一方面，坐在最下層通訊席上的茜，以及站在中間層指揮區的紫貴，則是注視蔓延在戰域上的皇后種的模樣。

國王種站在狄絲特布倫面前，還在跟大太龍與處女座之淚交戰的皇后種看起來也怪怪的。

有如眺望天色發生激烈變化似地……怪物們仰望天空。

「在看天空，不對……是在警戒？」

紫貴的聲音罩上陰霾。

「觀測結果出來了！ＭＩ02目標上空似乎發生大規模的ＣＡＴ。」

田中回頭望向身後，另一方面雷鳥則是懷疑起自己的耳朵。

「田中，你剛才……說了什麼？」

「欸？……我是說ＣＡＴ！」

於歐洲時間十六點五十六分──ＭＩ02目標上空突然出現一片雲海。

雲海帶來的是【大規模ＣＡＴ】。

雷鳥是知道的，過去曾發生過兩次極其類似這個現象的事件。

第一次是鄰人0號機【亞門特】初次現身那時的事。這架機體在馬里斯攻勢正烈時，有如彗星般降臨至此。

然後第二次是二〇七〇年春天──發生在冰室義塾的上空。

當時曉的船組員們目擊了那個光景，雲河大漩渦中飛出一道紅光。那副光景奪去了紫貴的目光。

「究竟……發生了什麼事？」

『將該畫面投影至主螢幕。』

阿波羅尼亞斯說道，中央的主螢幕切換畫面。赤紅色物體朝這邊飛來，是突破了大氣層嗎？物體被紅色力場包裹著。

「是隕石嗎!?」

「不……能看見藍光。那個大概是推進系的噴射火焰，它正試圖減速。」

老兵們針對飛來的物體交換意見，畫面影像變得更加鮮明了。

飛來的物體整體造型看上去就像字母Ａ一樣，底部有四門砲塔，飛來的物體並非隕石而是機動兵器。田中報告分析數據。

「全長四十一公尺！雖然看起來像是戰鬥機……但這個外型——」

與其說是戰鬥機，不如稱之為「宇宙船」比較正確吧。簡直像是把ＳＦ動畫裡的一幕帶進現實……看起來就是這種東西。飛行物降落之際，茜察覺一事。

「請看一下！」

飛來的物體周圍出現黑色球體，然後又消失。不是只有一發兩發，而是大量吹出肥皂泡泡般的量。

是皇后種的無差別物質消去（IME）。

「是無差別物質消去！該不會是在狙擊那架飛機吧!?」

「等等，小姐。既然如此，為何無差別物質消去（IME）沒有命中？能不被那個命中，只有聯合國的18號機才有這個前例喔。」

意見彼此交錯，另一方面紫貴則是啞口無言。她將手放上開始亢奮的胸口。

「不會吧……」

紫貴是知道的，在這個腐爛不堪的世界上有著唯一一個例外。

「不會吧。」

在心中描繪的是，鮮明至眩目的……紅色背影。

國王種沒有移動，只是仰望著天空。

紅光接近至肉眼可及的距離，無差別物質消去（IME）依舊跟肥皂泡泡一樣出現，然後又突然消失。

流星雨——源自飛來物的藍光有如淋浴般灑落在整座島嶼。

而且還不是一千兩千，數以萬計數量龐大的大流星紛紛飛散至島嶼全土。

國王種用雙臂防禦臉龐，數道藍光在國王種的膝蓋上留下焦痕。

「咕吼！」

其一根根都是指向性高功率雷射。

在其他地方，光箭貫穿幼生體群的頭部。被光線貫穿的馬里斯碳化成為焦炭，這波攻擊令國王種產生敵對心。

國王種的雙腿浮現無數像是血管的管子，大腿肌與小腿肚爆炸性地膨脹……國王種一飛沖天躍向飛來物。

「咕喔喔！」

跳躍速度超越了馬赫，國王種視野裡的飛來物以超倍速擴大。為了處罰絕對領土的侵犯者，國王種揮起右爪。

飛來物與國王種的距離縮短，交錯的瞬間，國王種揮爪試圖擊落對方。

飛來物會可悲地破碎四散……應該會這樣才對。

拳擊痕——看不見的「某物」深深陷進國王種的側面。

國王種尚未揮落利爪——不曾體驗過的衝擊（痛楚）就襲向國王種的臉頰。被轟飛的那一剎那，國王種的眼球捕捉到那幅光景。

看到將一瞬間分割一百次的光之世界裡……有手臂從開在物體上的洞穴中收了回去。國王種的巨軀被轟飛，龍人墜落至數公里遠的前方。在這段期間內飛來物依舊持續下降。墜落的衝擊刮飛地表，撼動ＭＩ02目標。

『什……麼？』

少了一個肩甲的玄武傳出水久那的聲音。

『真慢，吶。』

折翼亞蒙傳出顎的咒罵。他們在各自的駕駛艙內看見了，看到狄絲特布倫前方出現一個巨大的隕石坑。

戰場上開出一朵【薔薇花朵】。

那朵薔薇是由機械構成的，花瓣縫隙重複閃爍著藍光。不久後，巨大薔薇漸漸綻放。

在狄絲特布倫的駕駛艙內，賽蓮有如要抓住畫面般伸出手。

（什，麼？）

賽蓮的意識急速遠去。

在朦朧的世界裡，鮮豔的「赤紅」驕傲地怒放著。

（我……還想，保持，清醒。）

在眼熟的造型，眼熟的背影上……賽蓮看到**他**的影子。

登陸艙變形為「花朵蓮臺」……【全長十七公尺的淑女】站起身軀。

她在蓬蓬裙前方雙手互握，裙子上裝飾著四朵薔薇。柔美手臂設計得像是洋裝衣袖，洋裝袖口與裙襬皆有荷葉邊點綴。搭配荷葉邊頭箍的是，貴婦人會喜歡的那種寬帽簷帽子。

洋裝的顏色是鮮豔的「緋紅色」。

——葵淚流滿面摀住嘴。——水久那瞪大雙眼扶額。——茜流淚低喃「騙人」。——雷鳥強忍鼻水與快哭出來的淚水。——田中忍不住溢出淚水。——大和「真的假的啊，喂。」地拉開嘴角。——紫貴癱坐在地……從面具縫隙掉落的水滴弄溼她的裙子。

『由法拉莉卡模式轉變（change over）為艾菲娜模式。』

讓人聯想到洋娃娃的機器人臉龐——午夜藍色彩的眼眸輕輕睜開。

從頭部組件伸出的長髮狀衝擊排出口有如秀髮般飄揚，不久後少年的聲音流瀉而出。

『我遲到了……抱歉。』

有一部機器人動畫。

那部動畫裡有一個被揶揄為「砲灰」的配角。

是為了襯托主角嗎？他不停地走在不幸的命運上。

無數次輸得悽慘無比，背負背叛者汙名，連心愛之人都無法守護而讓對方死去。

『請原諒我吧。』

然而，那個配角卻在動畫第二季的最後得到回報。

他用不屈不撓的精神追上主角，最後終於與他並駕齊驅。

第一次，他加入了英雄同伴的行列。

然後第二次，他成為從怪物手中拯救四顆星球的三人之一。

『又來到這裡了呢，**閣下**。』

在那個配角的活躍中，有著能夠被稱之為夥伴的愛機存在。那是心愛之人遺留的紀念物，是將少年引導至顛峰的女神機體。

愛機【艾菲娜・倫音列瑟】緩緩望向背後。

在那兒的是，狄絲特布倫嚴重損毀的身影。一根機械手臂伸向艾菲娜，那隻單眼孱弱地發出珍珠色白光。

艾菲娜在蓮臺上蹲下，伸手握住機械手臂。

『向你的忠義致敬……你很努力呢，黑帽子。』

艾菲娜如此說道，狄絲特布倫有如用盡力量似地閃爍眼部攝影機。

少年兵為了讓他人不再落淚而成為軍人。

因弱小而哭泣，被不講理地剝奪而哭泣。男人為了每一個弱者而不斷戰鬥。

來自這種虛構世界的勇者——只有孩子們曉得。

『仁啊啊啊啊啊啊啊啊啊啊啊啊啊啊啊啊啊啊啊啊啊啊啊啊啊啊啊啊啊啊！』

紅色勇者【艾倫・巴扎特】與緋紅淑女【艾菲娜・倫音列瑟】。

以貫穿天際的怒喝……宣示再次來到這個世界。

幕間

【玩偶・華爾茲・鎮魂曲Ⅱ第二十五話〔前往母星〕

二〇七〇年七月五日播映】

——動畫畫面播放——

能瞭望到整片海洋的山丘上長著大棵樫木。

在樫木前方，終止戰鬥的三名戰士齊聚一堂。

黑衣主角【仁・長門】拿下裂開的墨鏡。

「這個已經不需要了呢。」

仁扔掉墨鏡將它踩扁，嘴邊有著沉穩笑容。

「仁先生……笑了，笑了！」

身穿水手服的粉毛女主角【櫻】雙手合十浮現淚光，「呀！」的一聲從背後抱住仁。其他人溫馨地看著這樣的仁他們。

身穿白色長袍戴著知性眼鏡的青年——

動畫第一季的最終頭目【厄斯坦尼亞王】說道：

「那麼，吾等也動身吧。」

「對了，厄斯坦尼亞王，在那一戰過後你去了哪裡？」

男二號【艾倫・巴扎特】如此詢問，榮譽勛章在紅色軍服的胸口發出光輝。艾倫如此問道後，有著褐色肌膚的幼女從厄斯坦尼亞背後探出身軀。

「開煎餃店。」

人工妖精【比羅】如此說道，艾倫彎下腰反問比羅。

「煎餃？是在那個地球上的料理嗎？」

「沒錯，跟仁在最終局面的會談中用到的那個定食屋餃子，厄斯坦尼亞覺得很好吃。不過煎餃這種料理地球才有，還沒流傳開來，所以厄斯坦尼亞一個星球接一個星球地賣煎餃。」

厄斯坦尼亞將手伸進長袍內。

「執行繼承儀式後，王位移交給愚弟了。要如何在四星間建立和平，並且維持下去，已經是那傢伙的工作了……有那個意思就過來吧，如果是你的話，要我好好款待也行。」

把遞向這邊的傳單接過來後，艾倫露出苦笑。

「從全宇宙的霸者……轉職成廚師嗎？」

「還有，你就算過來也絕對不做給你吃。」

厄斯坦尼亞使壞地對仁如此說道，仁也笑著表示「真遺憾」。在仁的身後，比羅將傳單遞給了櫻。

比羅有如孩子般抓住厄斯坦尼亞的長袍，兩人姑且先踏出了腳步。

「厄斯坦尼亞，回去時建議在地球上大量購入黑豬先生。我想到的新菜名就是地球產黑豬煎餃，我覺得地球產跟黑豬先生的搭配是一大賣點。」

「哼，狡猾……採用。」

然後兩人回過頭，厄斯坦尼亞臉上沒有昔日的嚴峻表情。

「好好幸福地活著、衰老，然後普通地死去吧。」

仁身旁的櫻揮揮手，看到這一幕，比羅露出微笑。

在下一段動畫鏡頭中，變得破破爛爛的白色巨神像【格林甘特】讓厄斯坦尼亞與比羅坐在它的掌心，就這樣飛走了。

「你接下來有何打算？」

「不介意的話，要不要跟我們一起走？」

被仁跟櫻如此問道後，艾倫回頭望向身後。小不點菲娜有如待命般站在數步之遙。小不點菲娜露出微笑輕輕點頭。

「我最想守護的人已經不在了，而且我也只能用戰鬥的方式成為他人的助力……所以——」

艾倫牽起小不點菲娜的手。

「天涯海角我們都會一路衝下去的，兩人一起。」

『獨裁者仁，出包妹櫻。打從心底恭喜兩人即將展開新生活，請務必幸福。』

在下一個鏡頭中，艾菲娜・倫音列瑟從兩人身邊升空飛向遠方。

「……那麼，我們也走吧。」

「嗯嗯。」

櫻挽住仁靠向他後，片尾曲開始播放。工作人員名單在畫面左半邊捲動，後日談的場景開始播放。

壞軍隊大搖大擺地走在化為廢墟的街道上，城市遭到占領的市民們趴伏在地，恭迎軍隊遊行。身穿破爛衣服的女孩仰望天際，天空發出紅色光輝。

「那個是！什麼！」

盤坐在戰車上的軍人起身，在軍隊遊行隊伍中的終極玩偶將機關槍槍口舉向上方。

十七公尺的淑女從天而降。

鏡頭切換，成長後的艾倫在艾菲娜的駕駛艙內大喊：

「銀河聯合義勇軍！特別派遣教導隊所屬！柯夢菲亞執行管理官！艾倫・巴扎特！」

『同樣是柯夢菲亞執行管理官副官，艾菲娜・倫音列瑟。』

在軍隊遊行隊伍前方，赤紅色終極玩偶發出地鳴聲降落了。

排列在遊行隊伍後方的是，被鐵鍊鍊住的難民奴隸。

「艾倫．巴扎特……是那個，紅色鬥神!?」

「消滅巴戴姆的傳說中的一人，為何會來到這種邊境！」

壞蛋角色們發出高八度的聲音，艾菲娜用食指比向軍隊遊行隊伍。

「根據銀河聯邦法．人倫保全條約！要把你們視為人為戰災加以處置！」

V字面具發出光輝，緋紅淑女高高舉起拳頭。

『給我……咬緊牙根啊！』

廢墟街道冒出煙，被釋放的奴隸流著淚與市民分享喜悅。艾倫遠遠地眺望這副模樣，然後打算獨自離去。

「大哥哥要走了嗎？」

剛才出現在鏡頭裡的少女叫住艾倫。艾倫翻飛軍服下襬，回頭望向她。畫面上映照出艾倫微笑的臉部特寫。

「只要哪裡有人在哭泣……那裡就是我們的戰場。」

VII 自架空世界至戰場

＊＊＊＊＊

少年的視野變得開闊，美麗的綠色行星地球映滿整個螢幕。

「景色突然變化？……宙域改變了嗎？」

少年同艾倫・巴扎特在愛機駕駛艙內發出困惑聲音。

「剛剛明明還在木星軌道的說……該不會被捲入次元震吧！」

少年身高將近一百八十公分，年紀大約是十五歲到二十五歲之間，身上穿著跟巨大戰鬥機（spaceship）顏色一樣的駕駛員服，肩膀跟胸口部分的護具令人印象深刻，右手的手背上有月亮形狀的刻印。

「咕！」

艾倫壓住額頭，記憶如同濁流般流進頭裡面。

那是至今為止都**遺忘了**的記憶片段。

艾倫從想起記憶的再生中得到解放……驚訝情緒令他雙眼一震。

「我為什麼……忘了這麼重要的事！」

想起來的是，絕對不能忘記的無數回憶。

——在異界大地認識的同伴們。——培養出來的寶貴羈絆。——非做不可的自身使命。通知鈴聲忽然響起，艾倫望向下方的副螢幕。輕觸通知圖示後，檔案顯示在畫面上。

「記憶存檔追加四百二十三個資料夾……那她也是？」

艾倫漸漸掌握狀況。

他望向正面，畫面上滿滿的全是地球。

「地球……恐怕還是另一個世界的。那麼我又來這裡了嗎？」

艾倫立刻操控副操控面板。

「設定地球時間軸，現在是……二〇七一年？在那之後只過了一年？在我的世界裡，明明已經過了三年說。」

雖然對體感時間的偏差感到困惑，艾倫仍是想起一名少女。

就是抱著海豹布偶哭泣的賽蓮。

「賽蓮怎樣了？還有……在那之後大家變得怎樣了？」

艾倫感到忐忑不安。

「唔……，蕾・法拉莉卡啟動！」

少年開始輕敲畫面上的觸控面板。

「因果律力場展開！以自機航行安全為第一優先！」

駕駛艙螢幕右端浮現動畫圖標，迷你化床鋪圖案上面有表示在睡眠的「ZzzZ……」拼字。

動畫圖標下方顯示著二十分○○秒的計時器。

「力場內的時間速度設定為十倍！妳可別不高興唷！」

刻劃著倒數計時的數字開始急速回轉，這是在加速指定空間內的時間，藉此讓艾菲娜的「啟動時間縮短」。

艾倫用高速開始敲擊操縱桿旁邊的數字鍵。

『蕾・法拉莉卡轉換為緊急迫降形態！』

巨大戰鬥機(spaceship)──【蕾・法拉莉卡】傳出艾倫的叫聲。

戰鬥機開始變形，前頭部朝向正下方，有如從下方捲起漩渦般掀起裝甲板，掀起的裝甲板看起來像是一片片的花瓣似的。

蕾・法拉莉卡將自身造形改變成【薔薇型降落艙】。

『要上了啊啊啊啊!!』

艾倫乘坐的降落艙墜向地球──

＊＊＊＊＊

艾倫．巴扎特與艾菲娜．倫音列瑟降落在ＭＩ02目標上。

在駕駛艙內，艾倫**暴跳如雷**。

「仁！你在看著吧！為什麼又把我叫到這裡！」

艾倫口沫橫飛，呼喚不在這裡的戰友。

「你就是有某種打算！所以才把我趕回對面的不是嗎！」

艾倫與艾菲娜於一年前（就艾倫的體感時間而論是三年前）——差點在這個世界裡被仁那架疑以【亞芳愛麗絲】的鄰人擊殺。艾倫推測當時戰鬥中發生的大爆炸，就是讓自己回到原先那個世界的起因。

被仁親手趕了回去……如今他是這樣想的。

「然而！這又是怎麼一回事！」

映照在螢幕上的是倒下去的同伴們，以及在島嶼上囂張跋扈的大群馬里斯。

「這裡是養育你長大的星球吧！既然有愛麗絲，為何不出手拯救！為何**巴戴姆**！為何馬里斯還活著！」

而且玩偶．華爾茲．鎮魂曲的主角仁．長門的真實身分，就是存在於這個世界的【冰室夏樹】。

理由雖然不明，但冰室夏樹漂流到艾倫的世界。他在那兒駕駛愛莉絲（＝亞門特），在另一邊的世界成為英雄，艾倫是這樣認為的。

『閣下，確認到巴戴姆的反應。』

駕駛艙的螢幕邊緣閃爍著紅光。

艾倫懊悔地閉上嘴巴，然後切換意識。

周圍是如山如海的馬里斯屍體，艾倫的眉宇罩上陰霾。

「這全部都是賽蓮做的嗎？……有狄絲特布倫跟軍隊在這裡，就表示我掉到了馬里斯戰爭的正中央了？」

『同意，而且個體種名‧皇后種的反應也確認到十四個。另外也發現酷似冰室義塾相關人士的「黑帽子」、「雙角」、「兔耳」、「牙目」。以前戰鬥過的「甲殼小子」、「兜甲臉」、「四片翅膀」也在那邊。以及──』

艾菲娜望向旁邊，午夜藍的眼眸收縮。

艾菲娜確認到十多公里遠的前方有一隻龍形生物。

『我覺得剛睡醒時好像揍了什麼東西……閣下您知曉嗎？』

茜等人試圖與艾菲娜進行接觸。

「如果頻道一樣的話——！」

茜忙碌地觸碰自己的控制面板，來回翻找有如電話簿般陳列著的通訊頻道，田中在一旁「快點，快點」的觀望。

「有了！」

茜發現艾菲娜的頻道後，立刻將它接上曉的通訊線路。

少年的臉龐映照在畫面上，茜有那麼一瞬間不曉得那是誰。

艾倫比一年前成熟不少。相對的，突如其來的狀況讓艾倫屏住呼吸。不久後，他有如安心似地放緩表情。

「是冰室先生……吧？」

『嗯嗯，妳沒事就好。』

聽到艾倫的聲音，茜湧上淚水。茜難以遏制地哭了起來。

「冰室先生，還，活著。」

田中突然一句「冰室隊長」起立大喊：

「我是田中，您還……記得我嗎？」

『是田中嗎！我還以為自己認錯人，有那麼一瞬間不曉得你是誰呢。』

艾倫開心地搭話，但田中反而是一臉黯然。

「在下在那一天……為了明哲保身而出賣了冰室隊長。」

田中說的是艾倫在那一天獨自扛起義塾罪行的事，當時田中站在自衛隊那一邊而與夥伴們對立。艾倫微微搖頭。

「你只是聽令行事罷了，所以什麼都用不著介意唷。」

田中脣瓣顫抖，輕聲回應「好的」。艾倫望向紫貴那邊詢問「是九重嗎？」紫貴癱坐在地一直泣不成聲，點點頭做出回應。

『抱歉，讓妳擔心了。』

「歡迎，回來。」

紫貴夾雜嗚咽聲地回答，艾倫則是回贈一句『我回來了。』

在那之後，艾倫斂起表情望向雷鳥那邊，雷鳥額頭上浮現冷汗。

「小子，感動的重逢可以之後再做嗎？每次都這樣講雖然可悲，不過我們可正面臨危機……而且還是前所未有的大危機，可以助一臂之力嗎？」

『當然。』

艾倫一口答應，然後切斷通訊。接著，海曼提督傳來通訊。

『戰爭籌劃家，作戰計畫有辦法進行下去嗎？還有……剛才那個人究竟是？』

雷鳥流下冷汗，因為在這般絕望下卻發現了一絲希望。雷鳥對海曼回了一個僵硬笑容。

「是全宇宙最可靠的幫手吶。」

艾倫在艾菲娜的駕駛艙內開始準備戰鬥。

「艾菲娜，最終決戰禮服（wedding）可以用嗎？」

『無法使用。柯夢菲亞輸出功率沒有提升，原因不明。』

「明白了，那就用一對一（dual）。武裝變更（dress change）認可！」

啟動關鍵字發動，駕駛艙的螢幕上顯示出四個「行李箱圖標」。

「一對一（dual）禮服，選擇！」

艾倫用大拇指指腹按下最右端的行李箱圖示。

在外面，艾菲娜從蹲姿做了一個空翻動作，在裸露而出的大地上著地。

『明白了，武裝變更（dress change）開始。法拉莉卡!!』

艾菲娜高舉右腕……接著彈響手指，蓮臺射出行李箱。

同一時間，艾菲娜的蓬裙裂開，有如收納窗簾似地滑進背部。於頭頂處，射上天空的行李箱開啟——藍色聚光燈照亮艾菲娜，艾菲娜的禮服整合好後被收進行李箱。

相對的，行李箱射出其他武裝套件（dress）。

『多目的武裝變更（dress attachment）！認可！』

射出的武裝套件（dress）嵌合至艾菲娜的雙腕上，那是從拳頭那邊一直覆蓋到手肘的「拳鬥裝甲」。貴婦帽回轉，有如迴旋鏢般飛翔。艾菲娜的長髮變成了馬尾造型。

『一對一（dual）禮服，完全啟動（activate）。』

頭頂的行李箱降下「閃電造型面具」。面具裝到艾菲娜臉上後，飛出去的貴婦帽再次戴回頭上。

艾菲娜脫下裙子，露出那雙美腿，緋紅色高跟鞋踩在大地上。淑女搖身一變，艾菲娜將自身身影化為拳鬥士的姿態。

『艾菲娜，一對一兵裝換裝（dual option dress up）結束。』

艾菲娜讓拳擊手套互擊，接觸面爆出火花四散。

另一方面，在駕駛艙內的艾倫則是閉目養神，靜靜地集中意識，太陽穴被痛毆的感覺湧上身軀。

有如波紋擴散般，艾倫的頭髮與眼眸漸漸染成「紅色」——

艾倫・巴扎特是新人類。

是被月球的天才科學家・鶴來博士賜予改造人體的超人戰士。

『比鋼鐵還堅硬的進化鎧甲骨骼』『絕對不會破裂的強橫彈性內臟』『增加爆發力的人造肌肉』『以數百倍神經傳導速度為豪的超敏感化神經系統』。

艾倫與不講理的邪惡對峙時，會毫不猶豫地使用這股力量。

『頭髮跟眼睛都——』

艾倫的變身讓海曼啞口無言。

而且艾倫還喚醒新的力量，他有如要抓住心臟般用手抵住胸口。

「柯夢菲亞……發動(combustion)！」

撲通！心臟猛然跳動。

艾倫睜大雙眼，宛如熔岩般的熱量竄升，灼熱在體內四處奔流。

「嗚哇啊啊啊啊啊啊啊啊啊啊啊！」

艾倫發出慘叫，不只是海曼，就連雷鳥等人都屏住呼吸。

艾倫的心臟從內側發出赤色紅光，光芒伴隨著心跳一明一暗。那道紅光看起來就像是溫暖暖爐的爐火，艾倫大大地呼出氣息。

『海月螺上升至臨界點(limit level)，重新將倫音轉盤設定在雙柯夢菲亞之上。』

有如跟艾倫連動般，艾菲娜的胸口也開始發出紅光。

『注意燃燒臨界值，開始黏合化時會強制解除雙柯夢菲亞。』

艾菲娜將身軀轉向國王種那邊……恰好就在一秒後。

轟音——應該還在數公里前方的國王種降落至艾菲娜眼前。

龍人用滿是血絲的眼睛俯視揍飛自己的淑女。

相對的，艾菲娜則是露出若無其事的表情，從裡面傳出艾倫的聲音。

『就是你嗎……讓賽蓮如此悽慘的對象。』

艾菲娜與國王種互相瞪視，不久後艾倫做出宣誓。

『這次我一定要用自己的一切拯救世界……然後把妳救出來。』

艾倫用骨氣十足的聲音如此說道，而且又在那道聲音中灌注怒意。

『怪物……我現在真的生氣了喔。』

艾倫高聲朗讀軍務規定的開戰宣告。

『第一〇一銀河聯合義勇軍！特別派遣教導隊所屬！』

艾菲娜緩緩收起右拳，同時一併將右邊的高跟鞋收向後方。

『柯夢菲亞執行管理官！艾倫・巴扎特！』

『同樣是柯夢菲亞執行管理官副官，艾菲娜・倫音列瑟。』

她跟國王種的體格差上三圈。從國王種的角度而論，看上去就像小孩子站在面前似的，然而國王種的本能卻前所未有地響起警報。

『將這顆星球認定為瀕臨絕種指定！』

艾菲娜將拳擊手套放在腰際擺出架勢。

『與銀河聯邦法・救星保護事項**無關**！於此時此刻介入這場戰鬥！』

國王種的本能以細胞等級直接感受到威脅感——光是「握拳」這個動作，就給予國王種強橫無比的壓迫感。

『這場戰鬥……以我的信念為基礎。』

現實世界裡的最強生物與虛擬世界前三強的存在——雙方將彼此納入殺戮領域（kill zone）。

在曉的艦橋上，茜再三進言表示要撤退。

「司令！我們後撤吧！請做出撤退決定！」

茜的懇求讓雷鳥的臉龐罩上陰霾。

「只要有冰室先生掩護，特務她們一定能脫離現場！就算是艾菲娜！要跟國王種戰鬥也是自殺行為！」

「茜……」

「我們逃走吧？大家一起逃也很好不是嗎！就算被當成戰犯也可以的！因為我是這樣想的！在馬里斯肆虐下，聯合國的機能低落至此！整個世界就像散漫無法治的地帶……所以一定逃得掉的唷！好嘛？」

茜有如尋求同意般，也向紫貴跟田中露出討好的笑容。

「因為，大家總算！……總算能見到面的說!?又要別離什麼的，這種事，我不要！」

茜緊緊揪住褲裝西服的下襬，淚滴再次落至她的腳邊。

「我明白艾菲娜的性能超越鄰人。不過國王種……國王種的力量已經不是這種次元的話題了。」

國王種會爆炸性地讓自己的生態進化，現代兵器根本拿牠毫無辦法。

歷經處女座之淚、狄絲特布倫、玄武、亞蒙、明星的戰鬥後，牠的戰鬥力已經變得凌駕在鄰人規格之上了。

自己親手讓敵人變強了。如果國王種也取得足以超越艾菲娜的力量……而且就算明白自己會被殺掉……茜也能輕易料想到他會採取何種行動。

「我已經……不想再看到冰室先生死掉了。」

茜擦拭溼潤的眼尾，就在此時。

這個艦橋上演任誰都沒有想像到的光景。

——田中半張著嘴。——狼牙瞪圓銳利的雙眼。——雷鳥不由得握緊拳頭。

——老公公．老婆婆操作員有如要貼上螢幕般探出身軀。

——紫貴不由得屏住呼吸……雙手握拳做出勝利姿勢。

『茜指令員。』

艾菲娜的聲音忽然響起——茜有如被呼喚般回過頭。

看到主螢幕上的那片光景……茜整個人愣在原地。

「……………………騙人的吧？」

主螢幕上映照著國王種，牠的眼球**凸了**一**半出來**，鱷魚嘴張得大大的。在國王種懷中的是，比牠還小上許多的艾菲娜。

國王種臉龐抽搐——深深刺進側腹的是「女神的鋼拳」。

『妳的那些言論別說是小看了本機的性能規格，甚至還侮辱了我的搭乘者（dance partner）。』

滋滋！女神之拳更加陷入深處。

大吐血——黑血有如間歇泉般從國王種口中噴出。

『希望妳加以訂正。』

淑女就這樣徹底揮出拳頭，二十五公尺的龍人被揍飛至隕石坑外面。

國王種的巨軀在地表彈跳——艾菲娜再次從牠的正下方高高揮起拳頭。

『喝！』

國王種的身體變成一發砲彈。映照在戰域地圖上的國王種記號以猛烈速度遠離賽蓮她們的區域。這是發生在縮小比例的地圖上的事情。茜被畫面吸引……連眼睛沒眨一下地如此說道：

「好像動畫唷。」

放眼望去盡是一片白色凍土，國王種被揍飛至雪山地帶。

國王種在雪原上牢牢踩穩步伐著陸，被轟飛至此的直線路徑上揚起濛濛雪煙。

艾菲娜將拳擊手套擺在下巴前方……以猛烈速度奔向這邊。

『閣下，請下令。』

相對的，國王種高高躍起，一邊在空中滑行一邊揮起右爪。

『擊碎這個悲傷吧！』

緋紅色高跟鞋踩裂凍土，右邊的手套化為飛彈。

『由艾倫‧巴扎特（我）！』——拳頭與利爪互相碰撞。

猛烈互撞的衝擊掀起凍土，爪與拳互不相讓……淑女『哼！』的一聲硬是彈回利爪，國王種在浮空狀態下大大地向後仰。

『跟艾菲娜（妳）！』——反擊的螺旋拳刺進國王種胸口。

國王種再次高高飛起，被全力一擊揍飛。

被轟飛至最高點時，龍翼展開，光是拍打一次翅膀就會捲起一陣強風。國王種用猛烈速度橫移閃躲，四肢伏地一邊挖削地表一邊轉向前方。

抓住地面的四肢冒出雪煙……從隙縫中露出來的是「緋紅色裝甲板」。

『倫音・陣雨。』

艾倫的聲音低沉地響起，國王種瞪大的眼球動了。

左邊的大拳(glove)發出耀眼光華——馬達聲嗚響不斷微微震動。

艾菲娜已經在國王種懷中**等待**了。

『預備——』

艾菲娜收緊左腕，左腕的震動達到最高峰。

女神左拳揮向上方的現在……震動得到解放。

『GO！』——這是一拍・**億**擊的大連打。

一百萬個拳頭殘像擊打國王種，國王種全身——直到鼻尖、爪子末端、尾巴前端——的每一個角落都慘遭拳頭擊打。

這是打下飛燕、超越疾風、擊破迅雷的光之機關槍。

國王種的身軀漸漸飄浮至半空中，堅甲開始出現裂痕。

拳擊的巨大衝擊以放射狀掀起雪原的地面。

艾菲娜的頭髮發出金色光輝。金色變成橘色、橘色再變成赤紅。

左手的上臂宛如蒸氣火車般噴出蒸氣。

『不到十秒就會達到亂舞極限。』

『倫音巨鎚！預備！』

艾菲娜有如拉弓般將空著的右拳向後收，光是這樣就產生將大砲對準敵人的壓迫感。艾菲娜的右前臂縱向分開，內部的油壓桿開始回轉成青藍色。

左手使出無限豪雨……右手則展開必定貫穿的豪邁打擊。

『展開結束。』

『哼！』──艾菲娜的右直拳擊穿國王種的腹肌。

國王種以超越音速的速度被擊飛，音爆現象有如尾隨般跟在後面，一邊挖去地面的表層。國王種被筆直地轟飛，變得看不見了。

艾菲娜的雙肘噴出排熱的蒸氣。

『真硬呢。』

『嗯嗯……不過──』

遙遠的遠方突然有桃色光點在閃爍。

『『唔！？！？』』

荷電粒子砲迎面而來，掩蓋艾菲娜全身。粉紅色光芒將四周染成同一種顏色，過了一拍後產生大爆炸。

在數公里前方，國王種停止吐出光束。

龍的眼球謹慎地望著前方，牠全身皮膚被弄破，身上滴著血。開在腹部上的大洞噗滋一聲噴出血塊

艾菲娜被紅色光景吞噬，國王種凝視火焰搖曳……就在此時，牠有如尾巴被踩到般仰起上半身。

撕裂火焰現身的是艾菲娜的雄姿——艾菲娜完全閃開了荷電粒子砲。艾菲娜踹向地面高高躍起。

『格林甘特的裝甲！還要更堅硬！』

國王種側面被艾菲娜的高跟鞋刺中。

國王種身軀後仰，然而國王種的尾巴卻有如擁有另一個意志似地動了起來。

尾巴朝艾菲娜的腦門揮落。

艾菲娜一著地就同時掃倒國王種的腳。牠大大地失去平衡，尾巴的軌道也出現些微偏差，鞭擊落在只有毫釐之差的位置。

接觸地面的同時，出現一道一百公尺的斷層。

『直接命中會很危險喔！』

連續二發刺拳——艾菲娜瞬間擊發兩記刺拳，沒入失去平衡的國王種的腹部。

國王種眼睛圓瞪，在雪原不斷來回打滾。

在曉的艦橋上。

在主螢幕上，國王種正在跟艾菲娜戰鬥中。一隻與一架上演了一場無差別異種格鬥技戰鬥。

自從艾倫開始戰鬥後，雷鳥就下令重整旗鼓。

然而，友軍的戰力卻宛如風中殘燭。

面對壓倒性的數量暴力，身處戰場的士兵們也開始露出疲態。曾經多達三十萬的大軍如今已不到十萬，相較之下敵人卻是無窮盡地增殖著。

名為極限的黴菌正逐漸腐食戰場。

『陽葉！』

艾倫傳來語音通訊。

『戰況變得如何了！簡單地告訴我吧！』

這個人腦子沒壞吧——茜如此心想。他現在正在跟那個國王種戰鬥，是一擊就能挖穿鄰人裝甲的怪物。雖然這樣覺得，茜仍是立刻做出回應。

「我、我們！十四個國家總動員對馬里斯群生地之一！ＭＩ02目標強行發動了孤注一擲的電擊戰！」

以紫貴跟田中為首，船組員們正著手重新建構防衛線。

「在EIRUN CODE的！規格外十名數字眾人的介入下，好不容易才重振旗鼓……不過投入的鄰人都被那個國王種擊敗了！」

『我想，也是吶！』

畫面中的艾菲娜做了後翻，國王種的頭搥落到凍土上。兩架周圍出現地裂跟地鳴聲。

「而且！這座島嶼本身就是馬里斯！戰力差距有二十多萬倍！紫貴學姊打從剛才就不斷發出指令，但部隊卻沒有照她想的那樣去行動！我想恐怕……現場的士兵已經到極限了。」

『明白了！』

艾菲娜的膝蓋狠狠撞擊國王種的鼻頭。

『能把這個通訊轉播到所有士兵那邊嗎！』

「欸？……啊，好的！透過翻譯裝置的話，我想應該聽得懂才對。」

艾菲娜的雙拳擊穿國王種的背部。

『由我這邊試著提問看看！』

茜將艾菲娜的頻道接上所有部隊的線路。

ＭＩ02目標・平原。

在這個戰場上，兩支戰騎裝小隊完全遭到孤立。

『為何沒人過來支援啊！』

七架戰騎裝在大岩盤上掃射機關槍。在背後數十公里前方有一個迎擊點，他們是被送來這裡維持防衛線的。

『請求撤退許可！已經只剩下七架了！讓我們撤退吧！』

臨時就任隊長職務的青年如此大吼，隊長已經被殺掉了，一開始有十五架的部隊數量也已經減半。在周圍，足以埋盡大地的士兵種朝此處一湧而上。

『不准撤退！返回這裡的話，就把你們連同敵人一同擊殺喔！給我維持住前線！』

後方的迎擊點傳來現場指揮官的指令。

『中尉！殘餘彈藥不到三成了！」「可惡可惡！已經沒了！沒子彈了！」

沒有子彈，也沒有支援，全滅只是時間上的問題。在這種情況下，一名隊員陷入恐慌。

『已經！已經不行了！』

一架戰騎裝試圖用低空飛行升空，另一架從背後壓住它的肩膀。

『這樣是陣前逃亡喔！』『這種鳥事誰做得下去啊！』

試圖逃亡的人哭泣著，就在此時通訊接通，陌生男子的聲音流瀉而出。

『通告前往這個戰場的所有士兵！』

『……是什麼？』『這通訊是從哪裡傳來的？』

動搖情緒在部隊中擴散開來，艾倫對全軍士兵如此說道：

『想逃的話就逃走吧！』

在場的七人大感衝擊，副隊長因憤怒而聲音發顫。

『……是打哪裡來的笨蛋！大家別聽話！現在撤退可是會被同伴殺掉的喔！』

副隊長機對其他六架如此呼籲，在這段期間謎之通訊仍然持續著。

『冰室先生是在說什麼啊！』

『被侵蝕的恐懼不只是自己，也會殺死同伴！不能戰勝恐懼的人立刻離開這裡！就算待在這裡也只會礙事！』

聽到這句話後，先前試圖逃亡的那架機體動了起來。

『太好了！許可發下來了！我要走囉！』『等等傑克！』

『不過給我銘記在心！』

恰好就在此時，艾倫有如要制止逃亡般繼續發出叱喝聲。

『你現在感受到的所有恐懼！都會跑去你的心愛之人那邊喔！』

試圖逃亡的那架機體突然停止動作。

『看看四周！凝神觀視！把這副醜惡光景烙印在眼底！』

試圖逃亡的戰騎裝從岩盤上瞭望大群士兵種，人型密密麻麻地群湧而上，一兩百張嘴巴渴求獵物地流著口水。

『逃走的話，那些傢伙的獠牙就會跑去咬殺你的心愛之人！』

七名士兵感到五雷轟頂，想逃走的機體傳出男人的聲音。

『艾瑪妮耶兒……朱妮亞。』

『這次的大規模作戰行動一旦敗北，各國就會顯著地失去防衛能力吧！你的雙親跟妻子還有小孩，都會被這些臭怪物毫不留情地亂啃亂咬喔！就像咬殺你的重要戰友那樣！』

『這樣也行嗎！你們是士兵吧！』

其他人也屏住呼吸，直至方才為止的內訌有如騙人似地停止了。

以公里為單位的「超巨型螢幕」投影在薔薇蓮臺（蕾·法拉莉卡）的正上方。超巨型螢幕上轉播著艾菲娜與國王種戰鬥的身影。

艾倫・巴扎特的聲音傳達至ＭＩ02目標上所有士兵的耳中。

五號隊後撤至機兵部的區域——

以格蘭三號為首，兩架風神特裝型正在接受修理與補給。

『你們應該有親耳聽到才對！同伴們臨死前的慘叫！可以讓無法戰鬥的人！讓心愛的人發出那種聲音嗎!?就是因為有想要守護的人！有想貫徹的正義，你們才會成為士兵的不是嗎!?』

「那個是……」

月下在格蘭三號的腳邊低喃，山武跟大地奔向這邊。

「大姊！那個！請看看那個！」

山武尖著嗓音比向天空，上空那邊映照著艾菲娜的身影，看到畫面後大地也感到動搖。

「該不會是……隊長？」

有如跟過世父母見面般的錯覺襲向月下。然後，頭部纏著繃帶的奧爾森在瑪麗娜的攙扶下走向這邊。

「來個人……借我疾風吧。」

奧爾森用覺悟的表情望向大地，大地吞下話語……重重地點頭。

『我再問一次！你們真的認為這樣可以嗎！』

日向、飛鳥、柔吳正漸漸結束格蘭二號的改造。

處女座之淚的身影不在這裡。一擊破亂食型後，克里斯托法就立刻去殲滅其他的皇后種。在高臺上的三人也在觀看艾倫的戰鬥。

『只要後退一步同伴就會死喔！後退兩步故鄉就會被毀滅！後退三步心愛之人就會被殺掉！現在的戰爭就是這種戰鬥！』

「騙人……騙人！」

日向在格蘭二號的座位上喜極而泣，在影像通訊中柔吳的臉龐映照在螢幕旁邊，飛鳥發出吼叫般的歡呼聲。

『唔喔喔喔喔喔喔喔！冰室！還活著啊啊啊啊啊！』

柔吳流下鼻水號啕大哭。

『活著的話至少也打通電話嘛！』

『別讓魂魄死去！向前邁出一步！怒吼吧！奔馳吧！』

『在我們的軍隊裡，一個人沒殺滿二十人是不准死掉的喔！地球的軍隊就只是這種程度嗎！只不過是沒有武器而已，你們的心就受到挫折了嗎！』

被埋在屍骸裡的玄武用趴伏在地的姿勢撐起身軀，它的眼部攝影機再次發出黃光。

『雙條……你起得來嗎？』

站在旁邊的是明星，它用刀當拐杖走回此地。

另一名人物的通訊傳至兩人這邊。

『通告鄰人各機，所有人聽好。立刻讓鄰人進入休眠狀態。』

通訊者是顎，水久那與大和也傾聽顎的聲音。

『國王種（那個）不是人可以應付的存在，所以要用動畫（bug）對抗神（bug）……讓那傢伙去當國王種的對手。』

顎的亞蒙已經單膝跪地進入待機狀態。

『只要這裡能撐過去，歐洲就能得救。不，是勝利喔……戰勝馬里斯。』

大和跟水久那屏住呼吸，顎補充說明。

『援軍馬上就會到來……是讓百萬騎兵隊都相形失色的史上最強軍團吶。』

『沒子彈的話就去撿石頭！沒有石頭的話就握緊拳頭！手臂被扭斷的話就用腳！

腳被扭斷的話就用嘴咬住敵人的咽喉！反正都是要死的話，今天就笑著死去吧！』

曉的艦橋。

看著六片光學畫面，紫貴不由自主流露心聲表示「好厲害」。她透過藍色記號親身感受到戰場上的變化，老兵們也紛紛表示：

「好，指令行得通了。」

「年輕人真單純。愈是生死存亡的時候，那種話就愈能得到回響。」

友軍部隊的士氣漸漸……而且確實地恢復中。

在主螢幕上，艾菲娜與國王種的激鬥依舊持續著。

『相對的，我答應各位！』

踢擊沒入國王種的腹部，國王種壓住肚子踉蹌數步。

『我絕對會打倒這傢伙的！』

艾菲娜的勾拳落至國王種的鼻子上。

茜拍打臉頰鼓起幹勁，田中將新任務告知五號隊。

「重新整理好棋子，西半邊就交給你了。」

『瞭解，很高興母親能恢復精神喔。』

紫貴與阿波羅尼亞斯γ合作，試圖重整友軍戰力。

在雪原上，艾菲娜與國王種戰鬥著。

『然後，這是**我私人**的心願。』

國王種的尾巴由下而上地向上揮出，艾菲娜身形急轉，鞭擊捲起剛風卻揮空。閃過尾巴的同時，艾菲娜接近國王種的懷中。

『活下去！』

艾菲娜的肘擊沉入腹部。

國王種雙眼圓睜吐出血，從背部猛然撞向地面，滾了一圈後趴伏在地。

艾菲娜收回右拳，踏出左邊的高跟鞋……靜靜地擺出架勢。

『請務必活下去……與心愛之人見面。』

站起來的國王種明顯露出疲態。

全身皮膚有如皸裂般出現裂痕，腹部的洞穴有如小河般流著血。舌頭從下顎那邊垂下，雙眼滿布血絲。

就算累積戰鬥經驗也沒有改變——國王種已經**到極限了**。

艾菲娜用純粹的戰鬥力制伏國王種擁有的進化臨界值。

國王種大大地躍向後方，艾菲娜壓低上半身做出警戒。在那之後國王種也保持著足夠的距離，壓著腹部有如野狼般發出長嚎。

在艾菲娜的駕駛艙內，艾倫拭去下巴的汗水。

「……怎麼了？」

胸口的紅光變得比剛才還要強烈，艾菲娜說道：

『閣下，周圍的巴戴姆正朝這邊聚集。數量為二十、八十七、一百三十。其中有三隻個體疑似皇后種。』

艾倫緊抿雙唇，那個長嚎是在呼叫手下。

『我判斷當下的禮服不利應付這個狀況，建議暫時撤退。』

艾倫流下冷汗，無意地握住燃燒著的心臟。

對現在的艾菲娜而言，在艾倫體內燃燒著的【柯夢菲亞】是有時間限制的。一旦黏合──與艾菲娜融為一體──開始，就會強制性地停下柯夢菲亞。

沒有柯夢菲亞的力量，就不可能戰勝國王種──艾倫做出決定。

「抱歉艾菲娜……沒時間了，請妳奉陪我的任性吧。」

『預測回答，您真是強硬呢。』

艾倫做出覺悟握住操縱桿，胸口的紅光變得更強烈了。

艾菲娜的四面八方傳來奔跑聲跟煙塵，馬里斯正聚集至國王種身邊。艾菲娜使勁踩下腳步，艾倫胸口的紅光也同樣變強了。

『來吧！來幾隻我就殺幾隻！』

就在艾菲娜將雙拳擺在腰際之時。

『沒那個必要！』

紫貴的銳利聲音傳出，下個瞬間，國王種周圍降下砲彈之雨。

在曉的艦橋上，紫貴再次拿起指揮棒(tact)。

「阿波羅尼亞斯！這裡要底牌盡出！死幾個人都無所謂！也不計任何代價！絕對不要讓敵人靠近他！」

『瞭解，以現存兵力再次嘗試死神大鐮計畫。』

之後，紫貴連接跟鬼燈的通訊。

「葵！快醒醒！」

『我醒著啦。』

副螢幕映照出鬼燈・炎一號。

鬼燈也在先前的撤退戰中損耗不少，左臂從左肘那邊消失，胸部裝甲上刻劃著銳利的爪痕，而且也折斷了一隻角。

鬼燈從右邊的刀鞘抽出太刀，將它插上地面。

『我就說吧?那個人還活著,他果然帥氣吶。』

這次換成是從左邊的刀筒抽出小太刀。讓插在地上的太刀刀柄與小太刀刀柄互觸,接合兩個刀柄,雙刀改變形態成為「雙頭刃」。

「用不著說我也知道唷。那麼?要上?還是不要上?」

『看就曉得了吧。』

螢幕上的鬼燈用單臂舉起熱傳導刀劍(heat blade)【燈】。雙頭刀刃通透熱能,刀身發出橘色光輝。葵喜怒參半地做出回應。

『當然要上囉!』

「是嗎?」

螢幕上的葵露出猙獰笑容,紫貴表情一僵。

「茜!鬼燈要前往B－12地點!聽說可以不計代價唷!如果是現在的這孩子,就算殺也殺不死呢!」

紫貴一聲令下後,茜活力十足地做出回應。

『『那麼!捉迷藏再次開始吧!』』

兩隻鬼再次聯手合作。

然而,雷鳥卻是臉色不善。敵我的戰力差距實在太大,如今孩子們只是因為亢奮而沒能看清楚周遭的狀況罷了。物資差距有著天壤之別。

（就紫貴要做的事而論，彈藥跟棋子都太缺乏了。）

汗水沿著雷鳥的鼻梁滑落。就在此時……祕密線路毫無前兆地傳來通訊。

「……唔！你是——」

雷鳥還以為心臟停止跳動了，因為傳來影像通訊的是一名她連想都沒有想過的人物。

亞蒙跟玄武以低空模式飛行著，亞蒙在前，玄武則是在左邊。明星有如跟玄武併肩而行般跑在旁邊。

亞蒙的四片翅膀都恢復成原狀，明星的外裝也變得跟新品一模一樣。兩機一直在進行修復，玄武則是在半路上撿起甲殼裝甲將它放回肩上。

鄰人具有自我修復機能。

玄武的駕駛艙播放茜的指令。

『通報鄰人各機！請7號機、15號機、16號機避免與幼生體群戰鬥，前往阻止三隻皇后體過去緋紅淑女那邊！我想情勢會很嚴峻才對……不過還是拜託大家了！』

水久那透過通訊感受到茜的成長。這種體恤對方的言行舉止，茜以前是做不到的，然而今非昔比。

『還有，開16號機的人……如果可以的話能進行影像通訊嗎？因為我想要進行即時影像監控。』

茜的請求令水久那慌了手腳。水久那與宿儺的情況有著複雜的內情，與曉的通訊是靠著紫貴一人進行交流的。水久那打算撿起腳邊的面具……不過微微一笑後又停下撿拾的動作。他用真面目直接接上影像通訊。

茜的臉龐映照在螢幕上。茜一瞬間放緩表情……卻又立刻感到愕然。

『水！水水水！水久那學長!?』

「小茜妳長大了呢……而且變強了。」

『為何!?不是在綠學姊那時死掉了嗎！而且，為何坐在那架機體上？』

（看吧，人家心神大亂了不是嗎？）

「之後再慢慢說吧，我會全部……全部告訴妳的，所以就麻煩妳帶路了。」

水久那柔和地露出微笑，茜用高八度的嗓音回應「好的！」

（真是的，每次回過神時不是在當墊腳石就是替別人擦屁股嗎？）

宿儺如此抱怨，水久那斜眼望向映照在副螢幕上的艾菲娜。

『即使如此……只要有我能夠做到的事！』

玄武播放出水久那的聲音，玄武噴射背部的推進器。

前方又是一大片紫色大地，漸漸映入眼簾的是一大群幼生體，在幼生體之壁的另一側也有皇后種正朝這邊逼近。

『為何只要跟那傢伙在一起，我就會被迫飾演丑角呢？說真的饒了我吧，這是我的主場吧？』

明星與玄武並駕齊驅，飛在兩機前方的亞蒙傳來顎的指示。

『三架對一隻，要確實地一一擊潰喔。』

進軍之際，前方投來特大號的武裝貨櫃。武裝貨櫃有如墓碑般豎立，從裡面彈出兩個握把。亞蒙沒有減速，就這樣通過貨櫃。

交錯的瞬間，銳利的沉重聲音響起。

亞蒙從貨櫃中抽出嶄新的八咫烏。

『有想要的武器就趁現在說！一旦變成混戰就會無法配送了！』

替三機擔任操作員的茜如此說道。

『我有自備武器喔！』

明星移動至兩機前方，一邊掀開地表一邊煞車。明星扭轉腰部，高舉大太刀擺出架勢，二頭肌高高地隆起著。

『喝呀啊啊啊啊！』

曙丸被猛然扔出，四百噸的迴力鏢被扔進前方那一大片的敵群中。噴煙揚起，大量敵人也同時遭到粉碎。

亞蒙把明星的肩膀當成臺座蹲在上面，位於亞蒙頭頂的空間破裂了。

『我先走一步！就從最前面的皇后種開始！』

亞蒙飛身躍入出現在空間中的隧道，大惡魔的身影忽然消失。

『那傢伙也一樣，有事沒事就要耍帥一下！是怎樣!?現在流行這樣做嗎？』

曙丸回到明星的右手中，在那之前，玄武就舉著盾衝了出去。

水久那喊道：

『大和也變了呢！總覺得……變得很噁心！』

玄武讓推進器進行最大加速——用身體衝撞跑在前面的數百隻幼生體群。

幼生體群灰飛煙滅化為碎肉，變成機動要塞的水神在幼生體群之壁上面開出一個大洞。明星大步奔跑在玄武開闢出來的道路上。

『你也是，若無其事挖苦別人的習慣也沒改正吶!?』

大和很有規矩地吐槽，白銀英雄機高高揮起大太刀。

『哎，不過……像以前那樣很不錯吶，神無木！』

閃現之翼、不動之盾、英雄之刀襲向三隻皇后種。

雪原地帶。

艾菲娜用雙手抓住國王種的尾巴，一邊飄揚髮絲一邊轉向背後。

『哼！』

艾倫發出吆喝聲，國王種也同時被拋飛。國王種被狠狠摔在雪山山峰上，艾菲娜的面具上有藍色線條爬在上面。

『兜甲臉、甲殼小子、四片翅膀開始跟皇后種交戰，擋下十一點方向的敵方增援。另外在那邊的深處，也有雙角站在舞臺上。』

『是一之瀨他們嗎！真可靠！』

艾倫發出開心的聲音，然而這次卻換成是右邊出現新反應。

『右翼也確認到敵方的增援，推測數量為二百七十。』

艾菲娜如此示警，駕駛艙的副螢幕上擴大顯示出其他敵群。

艾倫繃緊差點鬆懈下來的心情。就在他一邊思考應對方式，一邊凝視放大畫面時──

「……怎麼搞的？」

朝這邊前進的大群敵人，其行進路徑漸漸出現偏差，被切割成兩大群。跑在前面的群體影像再度放大，確認到大群敵人前方有三架機影。

「這是……」

『咿哈──！』

山武機有如在滑雪道滑雪般衝下雪山。在山武機後方，也有大地機與灰色疾風的身影。山武、奧爾森、大地傳來影像通訊。

『星辰小隊來也！』

「忘掉我們的話，我們可是會很困擾的喔總隊長！」

「奧爾森，江藤！……而且連亞賀沼都在！你們都來了嗎！」

艾倫臉上綻放笑容，星辰小隊三人虎目含淚。

『總隊長耶！真的是總隊長耶！』

『咕嗚嗚嗚！眼睛都流汗了不是嗎？真是的！』

大地一句『別鬆懈！』叱喝哭出來的兩人。

『總隊長，這裡由我們負責。』

大地嘴上雖然這樣說，眼尾卻也累積著淚水。

『抱歉！拜託了！』

三人關閉影像通訊，然後這次映照出月下的臉龐。

分割幼生體群其中一翼的就是換上新手臂的格蘭三號。

月下在駕駛艙內開懷大笑，透過通訊對艾倫說道：

「隊長！啊哈！是嗎？你還活著啊！」

『果然是妳嗎？伍橋！嗯嗯！我天生走狗屎運嘛！』

在畫面中，艾菲娜對準國王種的喉嚨賞了一記手刀。

『我又回來了！』

「是嗎！那就乾淨俐落地把那隻蜥蜴痛扁一頓吧！」

月下推動操縱桿，格蘭三號飛上雪山，幼生體群從它身後追了上來。數十隻在雪地上滑倒，跌落至雪山下面。

『交給五號隊善後吧！』

月下與星辰小隊從艾倫那邊引開敵方的增援。

艾菲娜踹向地面。

拳腳擊打股間、心窩、咽喉、下巴。飛身越過頭頂時，肘擊落至國王種的腦門，這就是名為正中線五連擊的空手道超凡技巧。

國王種的後腦勺陷進地面，艾菲娜做了兩個後翻……跟國王種拉開距離，艾菲娜使出後撤步時望向上方。

艾倫在駕駛艙內確認到新的敵影。

「唔！飛行!?是資料裡那個會飛的傢伙嗎！」

黑色鳥影與魚影飛越雪山——那是以雄騎士與雌騎士為中心的飛行型幼生體

群。艾倫初次目睹飛行幼生體群，敵群朝這邊而來了。

「沒完沒了吶！」

『請交給我！』

焦急的艾倫突然收到通訊，螢幕畫面立刻混雜了橘色光芒。

這次換成是另一名少女的吼聲轟響。

『開火啊啊啊啊啊啊啊啊啊啊啊啊！』——橘色的大熱線吞沒空中的敵人。

橫跨天空的大熱線緩緩改變角度，陸續燒光天上的馬里斯。

「好猛……」

橘色光線漸漸從上空奔離，映照在螢幕上的擊破計數器有如賭場的吃角子老虎般轉個不停，計數器停在「２０３０」這邊。

「一擊就滅掉二千隻！」

『那是超高溫光學兵器，推測溫度為四千度，威力是爆熱槍劍（ruin·breathe）最大放射的三點二倍，效果範圍相當於四點一倍。』

兩人對這個戰果瞠目結舌，此時重新追加了新的砲擊地點影像。

映照在畫面上的是，格蘭二號跟格蘭一號**合體後**的身影。

它背著球狀動力與冷卻組件，機體前方裝著多重耐火裝甲。耐火裝甲擴展至頭部那邊，是將頭部完全隱藏起來的設計。螢幕上映照著兩個女孩子。

「我們來幫忙囉！冰室！」

『真的是……冰室先生。』

是飛鳥跟日向。日向浮現淚光，飛鳥也好像隨時要蹦蹦跳跳似的。

『呀吼！如何如何！我的萬花筒日冕！』

完全裹住右臂的可變式熱砲塔【萬花筒日冕】冒出白煙。

『一發就有二千個擊殺數！這個已經超越艾菲娜親了不是嗎？我幹得很好不是嗎!?呀吼——！』

『咕，本機的設計理念是白刃戰，所以應該用整體評價來進行性能判斷才對，飛鳥博士。』

艾菲娜嘴上雖然這樣講，聲音聽起來卻很不甘心，艾倫暗自撫胸鬆了一口氣。

「伏見、八雲，幫大忙了！現在的艾菲娜無法進行空戰吶！老實說我還想說該怎麼辦——！」

『我，也，在！這裡啊啊啊啊啊啊啊啊啊啊啊！』

柔吳粗野的怒吼聲插進通訊。不只是艾倫，連飛鳥跟日向都嚇了一跳。艾倫發出「柔吳!?」的驚叫聲。

在巖流的駕駛艙內，柔吳正流著鼻水哭泣著。

「還活著的話！至少也打通！電話過來啊！知道我有多擔心……」

『抱歉……』

畫面中的艾倫道了歉，柔吳用力擦掉鼻水，硬是咧嘴擠出笑容。

「快點結束一切然後回去吧。等結束後我們去吃拉麵。」

柔吳變回原本的模樣，然後又補了一句「當然是你請客囉」，艾倫也元氣十足地表示「嗯嗯！」然後切掉通訊。柔吳再次握住操縱桿。

『那麼，就再撐一下吧，妳們兩個。』

巖流・整備特裝型播放出柔吳的聲音，它用雙手拿著特大號鎚子擺出架勢。

在一旁，格蘭二號則是改變萬花筒日冕的形態，讓長距離加農砲的槍口變形成巨大格林機關砲。被格蘭二號背著的格蘭一號發出飛鳥的聲音。

『咿嘻嘻嘻！可別瞧不起十號吶……你們這些葉子。』

有翼幼生體群包圍兩機站著的高臺。

『這些傢伙全部殺光。』

單眼狙擊手拿著新槍，揮撒其狂氣。

『不過冰室，你可別安心唷!?我們現在可是站在懸崖邊，而且還被別人拿棒子一直猛戳吶！』

映照在駕駛艙螢幕的飛鳥如此說道後，又映照出其他影像。

「……這是！」

艾倫啞口無言，飛鳥投影出來的是島嶼的全域地圖，其三成以上已被染成紅色。直至此時此刻，艾倫才正確地理解敵我戰力差距。

艾倫他們的所在地點要好得太多了，建構防衛線的戰鬥區域已化為地獄。如今友軍正要被紅色記號之海給沖走。

『伏見小姐！妳多嘴了！』『哎呀！』

紫貴連忙插進通訊裡，為了不讓艾倫操心，紫貴她們封鎖了情報。紫貴用凜然聲音說道：

『艾倫！你專心對付國王種！其他的事情用不著去想！』

「可是！就算妳這樣說！」

焦躁感在艾倫的胸口中萌芽。就在此時，又從另一處傳來通訊。

『就是因為你太偏向精神論，事情才會變成這樣。」

MI02目標——高度二百五十公尺的地點。

黑色球體出現後又一一消失，皇后種的無差別物質消去（MIE）悉數落空。

上空**飄浮著**甲板。

那是直徑長達數公里的「航空母艦」。有如被埋入艦首部分似的，18號機【梅奇賽德克】成功實現了跟組件的一體化。

這架機體是制空權掌握型的鄰人，也是地球上唯一能夠逃過皇后種無差別物質消去（MIE）、從皇家護衛那邊搶來的機體。

梅奇賽德克專用的配備【諾亞】——是用來搬運鄰人的擴充套件。

在甲板中央，仁的亞門特雙手環胸站立著。

『是仁嗎！』

艾倫的怒吼聲傳到耳中，亞門特播放出仁的聲音。

『果然是你被叫出來了嗎……哎，如果是現在的那架機體，我也沒怨言就是了。』

『你在說什麼！事到如今才出現究竟有何打算！』

『別這樣鬼吼鬼叫的，我跟你的設定好歹也是戰友吧？我是為了守護同伴的同伴，才用同伴的面孔過來打仗的喔。』

亞門特的凶貌罩上黑影，其背後是五機巨大的黑影。

『櫻之劍在此承諾，將於現今的作戰行動中全面協助 EIRUN CODE。』

仁的宣言成為信號，梅奇賽德克開始全面壓制，對地面上那一大片馬里斯之海降下加重砲擊之雨。

在曉的艦橋上，田中進行報告。

「是梅奇賽德克！除此之外還有五架疑似未確認的鄰人機體！」

在主螢幕上，櫻之劍的鄰人陸續驅逐馬里斯，在ＭＩ02目標周圍的海面上也有船影接近。

「此外還確認到聯合艦隊規模的船團！戰騎裝陸續從飛行甲板登陸！船團自稱是櫻之劍！」

聽到田中報告後，茜屈指思索。

「鄰人七架，以及規模約八萬的強襲船團……行得通！行得通耶紫貴學姊！」

茜露出開朗表情回過頭，紫貴感到無趣地哼了一聲。

「阿波羅尼亞斯，也把這些傢伙當成棋子使用……發電報給船團，要他們加入我們的指揮之下，盡可能地擺出高姿態喔。」

「母親啊毋須擔心，對方已經主動提出要求了。」

紫貴「嘖」的一聲發出咂舌聲。

艾菲娜用前傾姿勢衝向敵人懷中，由於速度過快，背後產生了衝擊波。

突然，國王種的皮膚開始冒泡。從內側隆起的肉泡變成突起物。

上千根尖角化為利槍，從國王種的身軀飛出。

這是尖角的千把槍，十七公尺的淑女從右眼到腳踝都被體無完膚地刺穿了。

被刺穿的淑女有如空氣折射現象般搖曳，艾菲娜的身軀消失——那是在殘像上覆蓋影像的招式「海市蜃樓」，真正的艾菲娜出現在國王種身後。

『慢了！』

艾菲娜繞到沒長角的背部，然後扭轉她的上半身。

馬尾彈跳，剛腕低吼，身軀打擊深深地沉入國王種的側腹。

國王種眼球凸出，然而這次卻換成艾倫他們大吃一驚。

『什麼！』

國王種從後腦勺到背部**長出**龍臉與手臂，那幅光景看起來就像身體的前後對調似的。艾菲娜的雙腕終於被國王種抓住了。

艾菲娜立即發出吵鬧的警報聲。

『感應到貞操面臨危機，進入自動迎擊。』

高跟鞋的鞋跟飛出圓鋸，圓鋸高速回轉發出藍光，艾菲娜同時踹向地面。

『本機的規格無法變更舞伴（dance partner）。』

後空翻腳刀——高跟鞋的腳尖撩起下巴，大功率爆熱鋸（ruin cutter）撕裂龍臉，國王種用雙手掩住臉龐。

艾菲娜留下殘像繞至身後，用手抱住腰部，牢牢地固定雙手。

龍人的身體翻了一圈被拉至背後。

『抱歉了。』

國王種的後腦勺狠狠撞上凍土。

這是德式背摔，國王種的眼球瞬間失去瞳色。

『很不檢點喔，艾菲娜！』

『沒問題，本機的熱情之處也受到您的喜愛。』

勇者與淑女的舞會——其舞是武，也是武鬥。優雅、猛烈、清廉地。

紅色勇者與緋紅淑女沒有停止，不挑對手，也不會選擇時間跟場所。

勇者只是殉身於自身高舉的信念，淑女只是跟隨在勇者身邊。

守護弱小……止住淚水……自己就是為了這個目的才會來到此處。

國王種裂開的皮膚組織開始一片片剝落，微微露出紅色肌肉——皮下組織。數量破億的女神之拳將絕對生物逼至這般田地。

艾倫靜靜說道：

『明白了嗎?怪物。就算束手無策的絕望來襲，人類——』

艾菲娜將拳頭放低至幾乎快擦到地面的地步……接著一口氣向上撈。艾菲娜的上勾拳從國王種的下巴朝正上方貫穿。

『都擁有足以反抗它的力量！』

獠牙被折斷飛上空中，艾菲娜垂直躍起，面具拖曳出一道藍色軌跡。

『摸索可能性的，心靈之力——！』

艾菲娜使出螺旋回轉……加上慣性與體重，讓自身化為螺絲刀。

『人們稱它為勇氣！』

女神的火箭飛踢陷進國王種的腹部。

衝擊發生的剎那，國王種腹部的堅甲破碎四散，國王種的身軀也被轟飛。艾倫與艾菲娜決定替舞蹈（武鬥）閉幕。

『展開倫音列瑟・南十字星！』

艾菲娜豎起右拳，左拳橫向重疊，艾菲娜的雙臂描繪出十字（cross）。拳擊手套——手背——縱向裂開，從裡面出現油壓桿。

這個拳頭，就是令無數惡魔屈服的勇者之劍。

『使出現在能使用的最大極限！』

『倫音轉盤……雙重最大回轉（double・rotation），海月螺，臨界點（limit level）。』

艾菲娜胸口——搭戴著柯夢菲亞的主引擎【倫音轉盤】的回轉數變快，有如暖爐般的溫暖光線變得更強了。

「燃燒吧，柯夢菲亞……再來，再來！」

在駕駛艙內，艾倫壓住自己的胸口。

紅色心臟【柯夢菲亞】增加紅蓮光輝，艾倫的頭髮與眼眸漸漸被染得更加深紅。

艾菲娜的雙拳飄出藍色粒子，一顆顆就像螢火蟲的燈火似的。

『展開結束……願他的信念寄宿於此拳之上。』

輸入機體的母親（鶴來）聲音播出。

「願月之女神（倫音列瑟）的庇護（思念）寄宿於此拳之上。」

纏帶紅光的艾倫也發出吼聲，艾倫將操縱桿向前推到底。

「要上了！艾菲娜！」

『如您所願。』

如今，兩人的聲音疊合，艾菲娜背部的推進器發出低吼。

艾菲娜將雙拳擺在腰際展開突擊，國王種立刻甩出尾巴。

音速鞭擊襲向淑女的臉龐……淑女以毫釐之差完全避開。

——茜、田中、雷鳥。

——月下、大地、奧爾森、山武。

——日向、柔吳、飛鳥。

——顎、水久那、大和。

——紫貴與葵。

以及為了沉眠在狄絲特布倫體內的賽蓮。

放上人們信任的思念……艾倫如今高高揮起勇者之拳（劍）。

『以月女神（倫音列瑟）之名！』

光之左拳在國王種的腹部炸裂，鋼鐵皮膚組織完全破裂四散，身體也浮向正上方。

艾菲娜沒有減速就這樣回轉……踹向凍土緊急煞車。

一步踏碎冰層，結晶飛舞。粗野卻又美麗的雪沙藝術朝四周飛散。

綁著的金色秀髮躍動，女神反手將右拳揮到底——

『給我滾回星星那邊啊啊啊啊啊啊啊啊啊啊啊！』

女神的彈劾風捲殘雲——國王種的身軀飛越M02目標，巨大衝擊刮走覆蓋整座島嶼的紫紅色瘴氣。綠色視野瞬間散去，切換成一片藍天。

雪柱直達天際……國王種被轟飛至地平線的彼方。

『這就是鶴來遺留下來的……我的月之女神（倫音列瑟）。』

從拳擊手套微微透出的油壓桿停止運轉，艾菲娜緩緩端正姿勢。金色頭髮漸漸變回奶油色，舞會靜靜地迎來終點。在激鬥之後依舊站立著的是……璀燦耀眼的希望——

擊破國王種後，歐洲聯合作戰司令部發布的通知傳遍全軍。

『EIRUN CODE 擊破國王種了。另外，馬里斯已完全停止增殖，之後要進入掃蕩戰。重複一次——』

艾倫搭乘艾菲娜的手掌朝這邊降下。

「瞭解，這邊結束急救作業後會立刻過去擊破皇后種。至於交戰——」

艾倫對右手手背——萬能多功能工具【徽章懷表】——做出回應，通訊的對象是茜。處理完事情後，艾倫躍下掌心。

《做了一個美夢。》

艾倫降至嚴重破損的狄絲特布倫的尾部組件上。

它的外裝剝落得到處都是，不過眼部攝影機已經修復結束，雙眼恢復成原狀了。艾倫仰望狄絲特布倫。

「謝謝吶，守護了賽蓮。」

狄絲特布倫的眼部攝影機從綠色變成珍珠白，一隻機械手臂擅自動了起來，宛如貓兒般磨蹭艾倫的胸口。

「哈哈，外表明明改變了不少，內在卻還是撒嬌鬼嗎？」

艾倫坐到狄絲特布倫的機械手臂上面，然後狄絲特布倫將艾倫帶到胸口——駕駛艙的艙門——前方，艙門自動開啟。

《我還要去戰鬥。嚴苛又很辛苦的戰鬥，然後自己也會不得不在那邊死去。不過，這樣做後……應該已經永別的朋友都來了，跟大家一起。》

艾倫進入駕駛艙裡面，賽蓮在座位上睡著。

「唔！賽蓮！」

艾倫連忙衝到賽蓮身邊，用手指抵住脖子確認脈搏，也拉長耳朵確認呼吸聲。確認她平安無事後，艾倫鬆了一口氣。

《我為了守護大家而戰了。可是我贏不了，覺得大家都會被殺掉時心好痛。我討厭離別……無論如何都討厭，所以我呼喚了那個人，呼喚只屬於我的王子殿下。》

「太好了，平安無事。不過……令人刮目相看呢。」

艾倫把手放到雙膝上，探出身軀望向沉眠中的賽蓮，艾菲娜從外面發出聲音。

『已經是了不起的淑女了呢。』

手腳變長，那張臉龐也成熟不少。艾倫將她昔日的身影疊上她現在的模樣，胸口滲出一股暖意。

「來，我們回去吧。大家都在等著呢。」

《然後，那個人從天而降……為了停止我的淚水，從遙遠的地方來到這裡。》

艾倫背起賽蓮，柔美手臂軟軟地下垂著，黃金色長髮閃閃發光。艾倫小心翼翼地抱起賽蓮邁開腳步。

《把可怕的東西全部打敗，最後又跟我做下約定。》

「我會用自己的一切拯救世界，再也不會……讓妳哭泣了。」

十五個小時過後，【極限突破計畫】以人類方的勝利告終。

因活性化而在世界各地侵略的皇后種，在櫻之劍的活躍下大部分都受到鎮壓。

而且之所以能夠逆轉戰局，也是多虧了他們的活躍。

因計畫而失去性命的人一共是四十八萬人，因皇后種登陸而被擊潰的都市也絕不在少數。以此事為契機，人心正偏向櫻之劍這邊。

世界得知了救世主──仁．長門的存在。

鎮壓身為萬惡淵藪的馬里斯群生地【ＭＩ目標】之一也讓人心漸漸背離、分裂。然而這場勝利對人類而言仍是大大的進步，這是鐵一般的事實。

而且，在這場戰爭中將人類引導至勝利之路的英雄還有另一人。

那位英雄…………………………他的名字是——

終章

擊破國王種後過了十三小時。

在瘴氣散去的ＭＩ02目標這裡依舊上演著戰鬥，目前的戰爭相當於幼生體群掃蕩戰。所有皇后種都被鄰人跟艾菲娜擊敗了。

進入勝利已成定局的階段後，EIRUN CODE回收隊員，準備進行撤離。

在EIRUN CODE所有艦．登陸戰艦【曉】，以及鄰人運輸戰艦【有明】這裡。

賽蓮於數小時前被送進曉的醫務室，目前尚未清醒。

赤紅色巨大戰鬥機（spaceship）【蕾．法拉莉卡】在曉的旁邊著水。在甲板上，撐過這場激戰的少年少女正在等待勇者。

「過來了呢！」

西比向天空，艾菲娜緩緩在甲板上著艦。

艾倫身穿赤紅駕駛員裝，搭乘艾菲娜的掌心朝這邊降下。

「隊長～～！」

然後，葵衝出行列跑向這邊。

「一之，瀨？嗚喔！哈哈！」

葵不由分說地抱了上來，艾倫一邊接下她，一邊情不自禁地笑了。

「呃嗚，呃嗚嗚！」

葵流著鼻水號啕大哭，無言地對艾倫提出控訴。

「讓妳擔心了……當時多謝妳伸出援手吶。」

艾倫溫柔地輕撫葵的頭，葵用雙手抵住艾倫的胸膛。

「人家，人家，對隊長……」

「這樣根本聽不懂妳在講什麼啦。」

艾倫遞出手帕，葵接下它後「擤！」的用力擤鼻子。

不過她立刻又感慨萬千地「嗚嗚嗚嗚」哭了起來，像個孩子似地抱住艾倫。

「哈哈，這下頭大了吶。」

「礙事啦。」「呀啊！」——被紫貴一腳踢在屁股上，葵飛向一旁。

（居然敢偷跑，這隻母獅子。）

俯視發出咂舌聲的葵後，紫貴拿掉紫色面具，抬起視線……紅暈上頰。

「九重也是……總算見到面了。」

紫貴在背後雙手交握，露出靦腆微笑，眼中帶淚。她用百感交集的心情對艾倫說道：

「歡迎回來。」

「嗯嗯，我回來了。」

紫貴用雙手環抱艾倫的脖子，艾倫一句「九重!?」發出聲音。紫貴無視艾倫的反應，逕自將脣瓣湊向他的臉頰。

「回禮。」

「噗呃！」──葵的踢擊刺進紫貴的側腹。

紫貴壓住側腹抬頭瞪視葵，葵則是雙手扠腰。

「咳咳！難得，可以，親親，的說！」

「妳這隻狐狸精，做的事情太狡猾了吧。」

兩名少女四隻手互握，艾倫打算制止時大家都過來了。

艾倫臉上綻放笑容……在這個世界得到的重要同伴併肩而立。

「大家……」

──月下笑著。──大地與山武攙扶著奧爾森，三人都在哭泣。──柔吳與日向幸福地依偎著。──飛鳥朝這邊比出勝利手勢。──茜哭泣著，水久那從後方把手搭在她的雙肩上。──田中推了推眼鏡的鼻梁架，瑪麗娜有如觀察般望向艾倫。──大和也轉過身軀嘶嘶嘶地吸鼻水。──紫貴與葵有如依偎般站在艾倫身旁。

「死掉又吐便當，這是英雄的特權嗎？」

站在正面的人是雷鳥。雷鳥伸出右手，艾倫也回握那隻手。

「又要請您關照了，校長。」

「嗯嗯，多多指教囉，小子。」

這些話語，這些光景……艾倫覺得疲憊感都被吹跑了。

然而——聲音有如要打斷這場重逢般響徹現場。

『很高興又能見到你呢，艾倫‧巴扎特。』

巨大黑影覆蓋艾倫等人，艾倫回過頭斂起表情，其餘同伴們也進入備戰狀態。

艾菲娜發出低沉聲響站了起來。

『愛莉絲。』

仁的亞門特在曉的甲板上著艦。另外，櫻之劍的鄰人也有如在旁邊待命般降落至曉的四周。

亞門特的眼部攝影機瞬間發光，接著艾倫等人對面上方的空間出現裂痕。

仁與櫻之劍的五名成員從破裂的空間中現身。

「一次這麼多人……負擔果然還是很大吶。」

仁有如要醒酒般搖搖頭後，在他左側身穿駕駛員裝的少年將雙手放到後腦勺上，用輕佻語氣說道：

「這也是沒辦法的事吧？只有仁先生一人畫面看起來不好看嘛？所以這裡我們不一起登場是不行的吧？不，果然不行不行吧！」

芭蕾娜眼睛半閉瞪視他。

「雖然無關緊要，不過你剛才說了幾次『吧』？」

在仁的同伴中，也有一名額頭上有大刀疤的老兵。

「阿道夫，為什麼你會在這裡？」

看到那名老兵後，雷鳥懷疑起自己的眼睛。刀疤老兵──阿道夫靜靜地點頭。

「好久不見了，雷鳥。不管任何時候看到妳，妳果然都很美麗呢。」

仁聳聳肩膀……翻飛外套邁出步伐。

「……」

艾倫同樣邁開腳步，兩人大步靠近彼此，令皮膚刺痛的壓迫感在甲板上擴散。EIRUN CODE 眾人在手心捏一把冷汗，相對的，櫻之劍的成員則有如看熱鬧般眺望著兩人。

仁與艾倫──兩人在距離對方鼻尖數公分處停下腳步。

「先道個謝吧，感激你討伐了國王種。」

「這是在挖苦我嗎？如果是你的愛莉絲，那種程度的敵人總是會有辦法應付的吧？」

「我這邊也有很多狀況吶……那麼，進入主題吧，艾倫．巴扎特。」

仁在墨鏡下的眼眸精光一閃。

「我們櫻之劍的大目標就是滅絕馬里斯種。如果是為了這個目的，不論是統治還是對立我們都在所不惜。有人擋路的話，我打算將對方痛扁到體無完膚為止。」

聽到這番話語後，艾倫眼眸裡的怒火變強了。

「為什麼……像四星大戰那時一樣，我跟你聯手不就好了嗎！」

「別了吧，拉你這種動畫腦入夥只會礙事……現實是無法照劇本進行下去的。別在這裡做太多夢喔，配角先生。」

艾倫的表情變得更加嚴峻，仁用充滿壓迫感的語氣說道：

「我之所以再次召喚你出來，單純只是期待你能發揮『暴力裝置』的機能罷了。如果要擋我的路，我會毫不猶豫地再度把你趕回去。」

「……講話比平常還要衝，而且是感冒了嗎？**聲音變了喔？**」

仁跟艾倫互瞪了一陣子，然後兩人同時轉過身軀。

「啊啊，對了——仁，可以麻煩你一件事嗎？」

艾倫忽然搭話，感覺隨意又親切。被呼喚後仁回過頭。

憤怒鐵拳——艾倫的右拳發出轆壓聲，擊碎仁的臉頰骨。

墨鏡出現裂痕，仁正面硬接艾倫的拳頭，但他還是站穩步伐撐住了。櫻之劍的成員立刻舉槍對準艾倫。

EIRUN CODE的成員也一樣，一起拔出手槍。

仁舉起手制止同伴，艾倫也同樣把手舉平表示制止。

「你傷害了艾菲娜，關於此事就用這拳一筆勾消吧。不過……再有下次絕對不會原諒你。」

仁蠕動嘴巴，「噗」的一聲吐出折斷的臼齒。

「本來打算讓你打斷三根牙齒的……這種天真我果然看不順眼吶。」

這次兩人真的轉過身軀，筆直地走回自己的棲身之所。

兩人走回去前，雙方陣營都沒有放下槍。仁走到同伴身邊後，空間再次有如玻璃碎片般裂開。

「別讓我失望喔……EIRUN CODE。」

櫻之劍消失在暗闇中，仁越過背部揮了揮手。櫻之劍消失後，以亞門特為首的鄰人們也紛紛離開現場。

那副身影漸漸遠去……艾倫呼出一口氣。艾倫回過頭，同伴們將槍放下。大地慎重地開了口。

「總隊長，那個墨鏡仔是？」

艾倫浮現複雜笑容，對同伴們說道：

「我有話……要告訴你們。」

艾倫娓娓道來，再次從這裡開始。不是做為虛假的自己……而是真實的自己。

「對你們說或許這件事很荒謬無稽，不過我還是想請大家聽一聽。」

不是虛假的存在【冰室夏樹】，而是做為真正的自己【艾倫・巴扎特】。

「我真正的名字是」——就這樣，孩子們得知了勇者的真名。

兩星期後的白天——在第二富士・第三市街地區。

第二富士取回以往的盛況，關閉的娛樂設施跟餐廳也恢復人潮。

冰室義塾的學生們，開心地走在充滿朝氣的購物商城裡。

裡面有休假中的自衛隊員，以及談笑風生的學生，雙手拿著許多購物袋的女學生。男學生們在美食區買來了所有店家的料理，一對戀人在電影院前煩惱應該要看哪一部片。

學生們都是便服打扮，有的在購物，有的買來各自想吃的零食吃著東西。

大家都在笑著，其中也有人眼瞳浮現淚光。

是以機兵部為首的戰鬥科學生們。另外……一連數天都有原本是學生的赫奇薩陸續返回第二富士這裡。

校方給了戰鬥科學生用不完的零用錢，還有一星期的假期，這也算是慰勞他們一年以來的辛勞。他們已經跟普通人是一樣的了……有自由，也有尊嚴。

冰室雷鳥花費半個世紀實現的烏托邦——人與赫奇薩能夠沒有隔閡地共存的地方，是神無木綠愛到無止境的重要的家。

第二赫奇薩保管領土東富士人工島・俗稱【第二富士】恢復了原本的姿態。

而且規格外十名數字（ten number）也回歸了。

——月下與星辰小隊騎單車開心地旅行。——柔吳因訂婚戒指的價錢而瞪大了瞇瞇眼，日向則是在一旁開心地跟女店員交談。——瑪莉娜跟葵吃著可麗餅，然後讓水久那付帳。——飛鳥在設計圖前方豎起筆。——雷鳥與雷藏在高級餐廳用餐。——田中跟紫貴進行文書工作，接收來自本土的赫奇薩。茜得意洋洋地告誡看起來不太想工作的紫貴。在略遠處，大和對業者不斷低頭行禮……然後是——

「賽蓮……可以放開我了嗎？」

「不要。」

「還沒嫁出去的女孩這樣做很不檢點，聽我的話——」「不要。」

「咳咳……妳已經是一名能夠獨當一面的王牌機師了，要更有自覺才行吶。」

「嗬——！嗬——嗬——！」

賽蓮開始抓狂大鬧，艾倫放棄說服她。

艾倫穿著在劇中出現的紅色軍服。他已經公開真實身分，眾人也都曉得他來自何方了。在他背上，賽蓮有如無尾熊般抱得緊緊的。

她身穿白色洋裝，嘴巴嘟成「嗬」的嘴形，那張臉龐用賽蓮的方式表現出她頑抗到底絕不離開的決心。與一年前不同，賽蓮的外表已經成長為大人了。手腳變得修長，臉蛋也從「可愛」變成「漂亮」。

（想不到一年會有這麼大的改變吶。）

艾倫不由得將賽蓮當成異性看待了，而且賽蓮還從G成長為I罩杯。艾倫半被迫地用自己的背部去感受那個成長。

艾倫心想不行不行，把意識移回工作上。在文件夾裡的確認清單上一一打勾做記號。兩人的所在地是港口的碼頭。

現在，兩人正在進行狄絲特布倫的搬出作業。

完全修理好的狄絲特布倫被放上油輪，狄絲特布倫轉向兩人這邊後，賽蓮揮了揮手。在那之後，賽蓮問了艾倫一個為時也太晚的問題。

「要去哪裡呀？」

「是嗎？因為妳一直住院到昨天吶。」

艾倫放下文件夾，打算回頭望向後方。賽蓮也看不見艾倫的臉龐，所以從他的背部下來，然後抱住左臂做為代替。

「將本土學生全部收容好後，第二富士會直接離開日本……哎，簡單地說就是流亡吧。」

冰室義塾與EIRUN CODE跟日本政府割袍斷義了。不受聯合國束縛，也不隸屬於櫻之劍，說到底就是為了以中立第三勢力之姿跟馬里斯戰鬥。

關於日本的國土防衛，雷鳥在極限突破計畫那時就已經強迫聯合國那邊吞下條件，要日本「用安全保障（你們自己）理事會想辦法解決」。

艾倫望向大海的對面。

「去停止全世界的淚水……就靠EIRUN CODE（我們大家）。」

就這樣，勇者開始了新的戰鬥，與相信自己跟隨而來的同伴們一同向前邁進。

大海沐浴在陽光下，宛如寶石般熠熠生輝。海風輕撫臉頰，純真少女的眼中沒有淚水。勇者仰望天空……不經意地流露笑容。

月亮急性子地升起，若隱若現地飄浮在大白天的天空上。

FIN

後記（註：想好好享受本編餘韻的讀者，請空下時間。）

各位好久不見！這裡是為金髮巨乳獻上心臟的東龍乃助。

這次也是隔了半年才發新刊，對久等的各位真是萬分抱歉。

還有我依舊是未婚。責編！東隨時都在等候您介紹美女編輯同事喔！

那麼那麼，已經閱讀本篇的讀者或許已經察覺到了，第六集跟第七集是用上下集的形式呈現的。這是東初次嘗試這樣做，意外地會上癮呢……。

到第五集為止，東都是單集完結形式去編寫故事，所以這次用兩本寫得很得心應手。

劇本也是Eurin史上最短時間通過的。只不過第七集是在開創期就想要寫的故事，所以東加一點西加一點，結果發行日又延後了（苦笑）。

東最喜歡王道發展，而且還是不標新立異的正中直球那種。

不過，要「有趣地」提供每個人都能輕鬆猜到的濃厚劇情發展，是一件非常困難的事情呢。自從成為職業作家後，東深刻地感受到這件事。

不過嘛，這是東的作風，也是賣點，所以只要寫書就會不斷與這個命題戰鬥下去。東要提供帶給讀者夢想、希望、感動，以及活力的娛樂！

那麼，請容東進入謝辭部分。

責編大人！非常感謝您讓東寫這個！如此一來東就能心滿意足地升天了。不過，東還是有一點燃燒殆盡的感覺，第八集該怎麼辦才好呢（眼神疲累）？

MIKOTO大人，汐山大人，感謝兩位在第七集也提供了美麗的插圖。

還有在簽名會時的鐵壁助手，真的是幫大忙了。既然都露臉了，下次三個人一起去看電影如何呢？第八集也請多多指教。

校稿大人，本書出版的相關人士，在此誠心感謝各位在背後盡心盡力。有各位的幫助東才能再出新刊，下次也請各位多多指教。

最後再次回到讀者大人這邊。

這也誠心感謝各位奉陪！如果是正在店面看這篇後記的人，能夠就這樣拿去收銀臺的話就……（血淚）！

只要能讓一個人開心就會是東無上的喜悅。如此一來就不枉東切割靈魂、在傷口裡挖來挖去了。

此後東也會為了盡可能讓更多人開心而一筆入魂！不斷努力精進。那就第八集再會吧！

東龍乃助

國家圖書館出版品預行編目資料

Eirun Last Code：自架空世界至戰場 / 東龍乃助作；梁恩嘉譯. -- 一版. -- 臺北市：城邦文化事業股份有限公司尖端出版：英屬蓋曼群島商家庭傳媒股份有限公司城邦分公司尖端出版發行，2023.12-
冊； 公分
譯自：エイルン・ラストコード：架空世界より戦場へ
ISBN 978-626-377-349-3（第7冊：平裝）

861.57　　112016423

浮文字

Eirun Last Code ～自架空世界至戰場～7
（原名：エイルン・ラストコード～架空世界より戦場へ～7）

著者／東龍乃助
繪者／Mikoto Akemi、汐山古埜武、貞松龍壱
執行長／陳君平
譯者／梁恩嘉
國際版權／黃令歡、高子甯
榮譽發行人／黃鎮隆
美術總監／沙雲佩
文字校對／施亞蒨
協理／洪琇菁
執行編輯／石書豪
內文排版／謝青秀
總編輯／呂尚燁
美術編輯／陳姿學

出版／城邦文化事業股份有限公司 尖端出版
台北市中山區民生東路二段一四一號十樓
電話：（〇二）二五〇〇—七六〇〇
傳真：（〇二）二五〇〇—二六八三
E-mail: 7novels@mail2.spp.com.tw
發行／英屬蓋曼群島商家庭傳媒股份有限公司城邦分公司 尖端出版
台北市中山區民生東路二段一四一號十樓
電話：（〇二）二五〇〇—七六〇〇（代表號）
傳真：（〇二）二五〇〇—一九七九
中彰投以北經銷／楨彥有限公司（含宜花東）
電話：（〇二）八九一九—三三六九
傳真：（〇二）八九一四—五五二四
雲嘉以南／智豐圖書有限公司
（嘉義公司）電話：（〇五）二三三—三八五二
傳真：（〇五）二三三—三八六三
（高雄公司）電話：（〇七）三七三—〇〇七九
傳真：（〇七）三七三—〇〇八七
香港經銷／一代匯集
香港九龍旺角塘尾道六十四號龍駒企業大廈十樓B&D室
電話：（八五二）二七八三—八一〇二
傳真：（八五二）二七八二—一五二九
新馬經銷／城邦（馬新）出版集團 Cite（M）Sdn. Bhd.
E-mail: cite@cite.com.my
法律顧問／王子文律師 元禾法律事務所
台北市羅斯福路三段三十七號十五樓
二〇二三年十二月一版一刷

■中文版■

郵購注意事項：
1.填妥劃撥單資料：帳號：50003021戶名：英屬蓋曼群島商家庭傳媒(股)公司城邦分公司。2.通信欄內註明訂購書名與冊數。3.劃撥金額低於500元，請加附掛號郵資50元。如劃撥日起 10～14日，仍未收到書時，請洽劃撥組。劃撥專線TEL：(03)312-4212 ・ FAX：(03)322-4621。E-mail：marketing@spp.com.tw